キャサリン・タイナン短篇集

高橋歩 編訳

Katharine Tynan
Short Stories
edited and translated by Ayumi Takahashi

未知谷
Publisher Michitani

目次

キャサリン・タイナン短篇集

海の死

アキル島[*1]に陰鬱《いんうつ》な雨が降っている。今年も、いつもどおり雨の多い夏だ。雨はジャガイモを腐らせ、干し草を黒く変色させる。雨のため、わずかばかりしか採れない燕麦《えんばく》にカビが生え、貧しい家々の屋根が朽ちていく。海から湧き立つ磯臭い霧が雨と混ざり合い、一日中空気の中を漂っている。屋外では、すべてが暗くじめじめと震えている。ただひとつ、湿地だけは潤っていて、水を得たその体を伸ばし、もくもくとした雲を頭に抱くクローガン山やスリーブモア山[*2]の姿を映し出している。湿地はまた、モスリンのぼろ布のように淵を延ばし、小さな家々がいくつか寄り添うあたりへと近づいている。空になった小鳥の巣よりもっとわびしいような家々だ。海に臨む切り立った断崖から離れた内陸の土地は、ずっと向こうまで湿地のようだ。島の人々が干拓したわずかな土地は、また湿地に戻ってしまった。灰色のコヌカグサや霜で覆われた雑草だけが勢いよく茂っていて、思う存分水を吸い上げ、嬉しげだ。

＊1アキル島　アイルランド西端メイヨー県にある、アイルランド最大の島。

＊2クローガン山やスリーブモア山　クローガン山はアキル島で最も高い山（六八八メートル）、スリーブモア山は二番目に高い山（六七一メートル）。

島中が悲しみに包まれ、苦難にあえいでいる。まばらに家が立つ漁村では、どの家も暖炉脇にわびしさが漂っている。つい数週間前、ウエストポートへ向かっていた漁船が転覆した。島民が何人も埋葬された。それで、アキル島に幽霊のように付きまとう飢饉《ききん》のことは、いっとき忘れられている。島には、未亡人や孤児、息子に先立たれた老人があふれている。どこの家の窓辺でも、バンシー＊の泣き声がしていたのだ。

＊バンシー　アイルランドやスコットランドの民話に出てくる妖精。バンシーの泣き声が聞こえた家では、近いうちに死者が出るとされる。

みんなが苦しんでいるときに、その場で心地よく過ごすことのできる人間など、まずいない。モヤ・ラベルは、夫のパトリックが建てた小さな家に閉じこもり、この宿命にひとりで耐えている。漁船と共に海に沈んだ男たちのうち、パトリック・ラベルほどの好男子はいなかった。パトリックは、浅黒い肌をして、肩幅が広く聡明な美男子だった。島の男の多くは寡黙で不愛想なのだが、彼は快活に笑い、人々に優しい言葉をかけた。そのパトリックが本土の娘と結婚することになると、島の娘たちは落胆した。モヤが、島の女たちと仲良くすることはなかった。

アキル島の人々にとって、モヤは謎めいた存在だ。小柄で物憂《ものう》げな表情をしていて、銀色がかった金髪。瞳にはこぼれたミルクのような不思議な光が宿っている。子どものように体は小さいが、落ち着いた大人の女の雰囲気を漂わせている。モヤは、海が大好きだ。これは、島の人々にはありえない感情なのだ。多くの島民にとって、海とは、飢えた怪物だからだ。海の幸をたっぷりと与えてくれる代わりに、夫や息子の命を奪ってきた。

パトリック・ラベルは妻のために、崖の谷間の雨風が当たらない場所に、小さな心地のよい家を建ててやっていた。目の前は小さな浜辺で、そこに船を泊めていた。頑丈な造りの家だった。冬の夜になると、波が小さな窓に激しく打ち付けることがあり、その必要があったからだ。モヤは猛々しい自然が大好きだ。夫の肩に寄り添って眠るあいだ、冬の嵐が湧き立たせた大西洋の波が、崖の下まで押し寄せるとどろきが聞こえると、モヤはうーんと伸びをして微笑むのだ。すやすや眠る子どもの顔を天使が覗き込むと、子どもはこんな風に微笑む。そういう表情だった。

家よりずっと高い崖の上に、パトリックは土を敷き詰めてジャガイモを育てていた。パトリックが土をひと塊ずつ肩に担いで運び、モヤは肥料にする海藻《うみも》を集めた。モヤはそこにハマカンザシなどを植えて、自分の小さな庭を造っていたので、島の人々から変わり者だと思われていた。アキル島では、生きていくだけで精一杯で、美しいものをただ愛でるなど、許されなかったからだ。

けれどもパトリック・ラベルは、この小柄な妻にとても満足していた。漁から帰ってくると、アキル島の他の家々より、自分の家がずっと心地が良いと感じるのだった。ふたりに子どもはいなかったが、モヤは自分の胸にすがる赤ん坊が欲しいようには見えなかった。夫が漁に出て不在でも寂しがることはなく、海を相手に楽しく過ごしているようだった。いつも崖の辺りを歩き回っていて、何百フィートも下で波が激しく打ちつけている、真っ黒な崖壁に、こわごわと、でも惹きつけられるように見入っていた。カモメと、頭上で高く鳴くハクトウワシだけが友だった。それでも彼女は満足していて、あちらこちらと歩き回り、まるで子どものように、岩の間に生える様々な色の海藻を集めたり、古い歌を口ずさんだりした。

けれど、それもすべて終わり、モヤは未亡人となった。勇敢に守ってくれた心優しい人がいなくなった今、モヤが人のぬくもりを感じる機会はない。崖の谷間の小さな家を訪れる者は誰もおらず、モヤはひとりじっと嘆き悲しんでいる。昼のあいだはずっと、両腕を大きく伸ばして褐色の髪をした愛しい顔を求める。最後に見たその顔は、海水に洗われ、海藻にまみれていた。夜になると外へ出て、黒々とした崖に当たる月の光の中をさまよい歩き、泣きながらパトリックの名を叫ぶ。うなり声をあげる風が彼女の金髪を吹き上げ、熱っぽい顔に、海水やひょうが激しく打ち付ける。

ある晩、アキル島に巨大な波が押し寄せた。島に近づいてくるその姿を見た者はいないのだが、大波は大蛇のごとく、這うようにしてやって来た。真夜中に大地に襲いかかり、家の中の暖炉の前までゴーゴーと押し寄せ、地面がむき出しの床で灰色に渦巻いた。

夜が明けると、アキル島は荒れ果てていた。ちっぽけな畑は流され、羊は溺《おぼ》れて死んだ。家々は破壊され、瓦礫《がれき》の山となった。それなのに、空は美しく晴れ渡り、自然が自らもたらした大きな被害に嫌気がさして、人間たちのご機嫌取りをしているようだ。島には、船は一艘もない。すべて岩に打ち付けられ、壊れてしまった。それでも島の人々は、いつまでも悲しんでなどいられない。案ずるのをやめて、立ち直らなくてはならない。そうしなければ、この残酷な災いが人々の命を奪うことになる。なけなしの資源はすっかり流されてしまった。島民は飢餓《きが》に苦しむことになる。

崖の谷間の寂しい家に住むモヤ・ラベルのことを思い出す者は、誰もいなかった。嵐の晩も、モヤはたったひとりで愛しい人の死を嘆いていた。数日後、海が彼女を浜辺に打ち上げた。島の家々は無残に破壊されていたが、波は、村の奥にまばらに残った家の玄関先にモヤを運んできたのだ。モヤは、あの晩、海に流されたのだった。海は彼女をさらったものの、押しつぶすことも傷つけることもしなかった。彼女は、まるで聖レスティトゥータ*のごとく、そこに横たわっていた。キリスト教徒だったレスティトゥータは、暴君によって朽ちかけた船の中にしばりつけられて、カルタゴから外海へ流れる潮流に乗せられ、大海原で命を落とした。いまモヤは、夢を見て微笑む子どものように、そこに横たわっている。銀色に輝く長い髪が体中にはりつき、非業の最期を遂げたというのに、見開いた両の目は恐怖を映してはいない。島の人々は、彼女の亡骸《なきがら》を見て泣いた。

＊聖レスティトゥータ　三世紀の北アフリカに生まれた女性。カトリック教会の殉教者であり聖人。

人々は崖の谷間の小さな家にモヤを運び、そこで通夜を執り行った。アキル島であっても、葬儀を省略することはない。モヤに白い装束を着せ、手に十字架を握らせた。彼女のささやかな庭からハマカンザシを摘んで来て、枕元に置いた。彼女が好んで採っていた美しい色の海藻も置いた。ベッドの頭側と足側に、火をともしたろうそくを立て、女たちは一日中モヤを見守った。夜には男たちがやって来て、昔から語り継がれてきた物語を語った。物悲しい話や幽霊の話、バンシーや臨終の看取りの話、漁師の生霊が海から現れ、漁師自身に死が近いことを告げる話を聞かせたのだ。楽しいおしゃべりではない。陽気な気分の者などいなかった。それでも、パイプと煙草、それに嗅ぎタバコがあるし、人々の沈んだ気分を高揚させる密造酒もある。モヤは、繊細な銀細工のようにそこに横たわり、見開いた青い瞳はまぶたが閉じられ、その上にはコインが置かれた。

モヤは、静かな星降る夜を二晩の間、そうして横たわっていた。島民たちは四日目に彼女をパトリック・ラベルの墓の隣に埋葬するつもりだ。そうなれば、ふたりが結婚生活を営んださささやかな家は空き家となり、やがて朽ち果てるだろう。三日目の晩が来た。どんよりとした雲に覆われている。死者が横たわる部屋に集まった人々は、これまでよりさらに無口だ。二晩のあいだ寝ずの番をしていた者たちは、眠気でもうろうとしている。壁際の年寄りたちはロザリオの数珠《じゅず》を手にしたまま、うとうとしている。モヤが横たわるベッドの頭側では、数人の男たちが静かに話している。明るく輝く四本のろうそくがモヤの白装束を照らし、その姿を浮き上がらせている。

突然、静寂を破るように風がうなる音がした。風は彼方から吹いてくるのではなく、崖の谷間でふいに目覚め、家の近くで吠えたように聞こえた。人々は驚いて立ち上がり、いっせいに、小さな窓の外の暗がりに目を向けた。真っ黒な髪の青白い顔が、狂気じみた目で覗き込んでいるのではないかと思ったからだ。窓の近くにいた者たちには、薄明りの中(夜が明けかかっていたから)、灰色の水柱が崖の谷間を昇っていくのが見えた。彼らがあっと声を上げる前に水は家を包み込み、ドアも窓も跳ね飛ばした。生ける者も亡き者も、みんな海に飲み込まれた。

数分で、何事もなかったように波は引いた。椅子や食卓の残骸が水に浮かぶ中、人々は怯えながら立ち上がった。波は、人々を土間に叩きつけ、明かりも消していた。人々がよろめいて立ち上がり、目に入った水をぬぐっていると、部屋の中に夜明けの薄明りが差してきた。しばらくのあいだ、あまりの怖さに、亡くなったモヤのことを考える余裕がある者はいなかった。人々が落ち着きを取り戻し、ベッドの方に目を向けると、みんなの口から同時に悲鳴が漏れた。モヤ・ラベルの姿がない。波が彼女を運び去った。

それ以来、モヤの亡骸を見た者はいない。

モヤは海にいるべき女性で、海は彼女を迎えに来たのだ、アキル島の人々は、そう言い合った。そういえばパトリック・ラベルも、どこでモヤと出会ったのか、口を閉ざしていたではないか。思い出してみると、彼女には奇妙な点がいくつもあった。それに、彼女が神に祈る姿を見た者がいるだろうか。天国は、この世の罪が許され悲しみもない場所だと信じているから、アキル島の人々は祈るのだ。

やがて島の人々は、モヤは人魚だったのだと考えるようになった。ああ、かわいそうなモヤ。彼女は、曲がりなりにも人間的な心で夫を愛していたというのに。人々は、海がモヤを戻してくれるかもしれないという期待を捨てた。そして、埋葬の準備が整えてあった墓穴を、土で埋めた。

パトリック・ラベルの墓の傍らは、ずっと空いたままである。

先妻

先妻が亡くなり墓に入って六年になるが、新しい妻が彼女に代わって屋敷を治めるようになってから五年が過ぎた。後妻は、死んだ恋敵に対する勝利を手にしたようなものだった。夫の心の中にあった先妻の思い出は、もうほとんど消し去っている。夫の姓と財産を受け継ぐことになる男の子を産んでやったし、その元気な息子が後を継ぐことができなくなっても弟がいて、子ども部屋の床をはい回っている。それに、彼女の胸の奥では、また別の赤ん坊がうごめいている。

屋敷の玄関前に倒れかかったイチイの木があり、支柱でしっかりと支えられている。というのも、イチイが枯れるとその家の一族も死に絶えるという言い伝えがあるからだ。イチイは生きながらえ、ある年の春、ずっと葉をつけていなかった枝に、緑色の若芽がいくつも吹き出した。

古くからの使用人たちは、たった一年だけ屋敷を取り仕切っていた青白い顔の女主人を、ほとんど忘れかけている。そして浜辺の村落でも、後妻は経済的な支援を惜しまなかった。だから人々は、かつて領主の妻であった女性の、愛情のこもった声色や優しい言葉の記憶をもうほとんど覚えていないのだ。この島とそこに住む人々を長きにわたって治めてきた一族に、新しい繁栄の時代が訪れたのである。

修道院の廃墟に大きな窓が堂々とあいていて、その下に死んだ妻の墓がある。妻アリソンが亡くなったその年、男やもめは昼も夜も墓のそばに立ち、深い悲しみに打ちひしがれていた。ところが、亡くなった妻の、美しく賢いいとこがやって来て、彼の心を掴んだ。アリソンは夫のために跡継ぎを産もうとして死んだのだが、その犠牲もむなしく終わった。男の子は死産で、棺の母親の胸元に横たえられた。

夫は、もう何年も墓を訪れていない。妻の死を悼《いた》んで最後に供えた花輪はとうに土埃《つちぼこり》にまみれ、墓はすっかり放置されている。しょげていてもすぐに立ち直るさ、漁師の女房たちはささやき合った。その島は霊と悪魔に憑《つ》かれており、夜、死んだ女が修道院の壁の下にある岸壁を滑るように進むのを見たという者がいた。影のようなその腕に、赤ん坊の形をしたものをしっかりと抱いていた、という。その話を聞いた屋敷の人々は、夜のあいだ岸壁に近づかないようにしたので、幽霊を見たという話が夫の耳に届くこともなかった。

新妻は、夫から目を離さなかった。主人が再婚して間もないころ、屋敷の使用人たちはこそこそと噂した。ふたりの妻はこの男を奪い合っているのではないかと。というのも、後妻が先妻の痕跡をなんとしても消し去ろうと懸命になっていたからである。先妻が産んだ跡継ぎのために用意されていた揺りかごは、卑しい生まれの赤ん坊をはらんだ漁師の娘に与えられ、アリソンがひと針ひと針に涙を縫い込んだ赤ん坊の衣服も、同じ運命をたどった。心根のまっすぐな妻ならば、その品々を使っただろう。けれどもそんなことをしたら、後妻は、自分がその地位を乗っ取った相手に対して抱く、何とも不愉快な気持ちをしずめることができない。

アリソンのものは、いっさいがっさい捨てられるか、目につかない場所に隠された。彼女の部屋はすべて模様替えがなされ、彼女の記憶を呼び覚ますものはすべて取り払われた。男やもめに先妻の優しさを思い起こさせるものは何もない。最後に見たアリソンの顔、灰色がかった金髪の長い髪に縁どられた、雪のように白く清らかなその顔を思い出させるものは、屋敷にはひとつとして残っていないのだ。だから、先妻が心に浮かぶものが目に入り、夫の心がチクリと痛むこともない。そんな風にアリソンは忘れられた。男は、子どもたちや美しく情熱的な妻に囲まれて幸せだった。後妻は、変わらぬ優しさで夫の生活のすべてを包み込んだ。

後妻は、亡くなった先妻を愛するすべての人たち（つまり、彼女を知る全員であったが。）その人たちを少しずつ味方にしていった。けれども犬だけは亡くなった主人に忠実で、後妻に歯向かった。年老いた毛むくじゃらのテリアで、かすんだ目をしている。アリソンが生きていた頃は犬も若かったが、主人が亡くなったとたん、老いたように思えた。アリソンの夫が男やもめとなった年、犬はつねに落ち着かない様子だった。ひどく取り乱したように、クゥーンクゥーンと悲し気な鳴き声を上げ、家の中をうろついた。男が妻の墓参りに行くときは、ふさぎ込んだ面持ちで後について行く。男が墓を訪れなくなった後も、犬はお参りを続けようとしたのだが、修道院の重厚な鉄の門が目の前に立ちはだかった。墓まで到達できないので、出かけていく回数はどんどん少なくなった。それでも犬は、決して忘れなかった。

新しい女主人は、あらゆる魅力を最大限に使って、犬をも味方につけようとした。というのも、何であれ生きているものが、あの死んだ女の思い出にしがみついているうちは、自分が完全に勝利したことにはならない、後妻はそう考えたからだ。けれども犬は、他の人間には従順なのに、彼女にだけは獰猛《どうもう》だった。後妻が優しく呼びかけてもうなり返すだけで、白く鋭い歯を危険なほどにむき出した。

女主人にも（死んだ先妻に対してはともかく）優しい気持ちがないわけではなかった。だから、この犬のみじめな様子に心を動かされた。犬は落ち着きなくクーンクーンと鳴き、その忠実な瞳の下にはくっきりと涙の跡が残っていたからだ。抱きかかえて慰めてやりたかった。ところが、同情に駆られて抱き上げようとすると、犬は彼女に襲いかかった。「犬が噛《か》みついたのか、おまえ？」夫が叫び、犬を殺そうとした。ところが、良心の呵責を感じた妻は、犬を綱から離してやり、それからはもう、犬を慰めようとはしなかった。

そんなことがあってから、犬は暖かな居間から姿を消した。それまではいつも、パチパチはじける暖炉の前の敷物の上で体を伸ばしていたのに。その年の秋は寒くて嵐が多く、船が何艘も難破した。村の人々は、溺れた夫や息子の死を嘆き悲しんだ。小さな漁船が何艘も、荒れ狂う波に飲み込まれたのだ。風の轟音と波の轟《とどろ》きが絶え間なく響き渡り、森の木の枝が軋《きし》んだり打ち合ったりする音が、大嵐をいっそうはなはだしく感じさせた。いく晩もの間、波がしらを立てた大波が丘の斜面に押し寄せ、修道院の墓地に行きついては墓の上で白く泡立った。波のうねりは、丘の上に位置する漁村の家々の炉辺まで達することもあった。嵐でないときは、刺すように冷たい霜が降りた。

その古い屋敷には屋根裏部屋があるが、そこにはほとんど誰も入らない。居住空間から、梯子《はしご》のように急ならせん階段を上って入る。使用人はみな、屋根裏部屋を嫌がった。夜中にギシギシという足音がするし、ときにはドアがバタンと閉まったり、知らないうちに窓が開いていたりするからだ。鍵の掛かったドアが開き、窓の閂《かんぬき》が外れている、使用人たちはそう言い立てた。嵐の日になると、そこでは、風の音がバンシーが泣き叫ぶ声のように聞こえる。雪が積もった明るい朝、用事で屋根裏に入ったメイドが悲鳴を上げて出てきた。まるで誰かが雪の中を通ってきたように、ほっそりとした濡れた足跡が、床の上についていたのだ。

屋根裏の片隅に、掛け金のついた大型の収納箱があり、その中に亡くなった先妻の衣服が眠っている。箱には鍵がかかっていて、これからもしばらくはそのままだろう。それというのも、新しい女主人が鍵を捨ててしまったからだ。屋根裏の高い窓からは、海と大地の美しい眺めを望むことができた。鹿が草を食《は》む赤い砂の谷間、風に揺れる黒い森、牧草地で静かに草を食む白い毛の混《ま》じった牛が見え、そのずっと向こうの海には漁船が何艘か浮かんでいたし、それに、もっと遠くには、通過していく汽船の蒸気も見えた。けれども、その景色を眺める者はいなかった。この窓から身を乗り出していると、土のように冷たい指が肩に触れるにちがいない、使用人はみな、そう思っていたからだ。用事で屋根裏へ上がった者は、そこにいる間、部屋の隅々をこわごわ見やっていた。誰もひとりではその部屋へ行きたがらない。部屋の中はどういうわけか土の匂いがするし、不吉な冷たい空気が漂っている、と言うのだ。外の管理人の小屋から屋根裏部屋の窓がよく見えるのだが、ある晩、その窓辺にかすかな明かりが揺らめき、誰かの影が動いた、管理人は声高にそう話した。

犬が住み着いたのは、その屋根裏部屋だった。ある朝、使用人のあとについて屋根裏に上がり、収納箱の近くまで来ると興奮してクゥーンクゥーンと鳴き出した。しばらく匂いを嗅いだり、体をこすりつけたりしてから、その上に陣取って、両前足の上に鼻を乗せた。それからは、箱のそばを離れようとしない。使用人たちは、犬をなだめて階下に連れ戻すことを、とうとうあきらめた。犬を哀れに思った使用人たちは、犬のために収納箱の上に古い敷物を広げてやり、毎日せっせと餌をやった。

主人が犬を探すことはなかった。そのけだものが視界から消えたのを喜んだ。犬が幻想に取りつかれている、女主人はそう耳にしたが、何も言わなかった。犬を手なずけることをあきらめたのだ。そうやって夏と冬が何回か過ぎゆくうちに、犬はすっかり年老いて、毛並みに白いものが混じり、目が半分見えなくなった。使用人たちは、盲目的に犬の世話をした。毎日屋根裏に上がると、まるで先の女主人が生きていた頃のように、犬は親愛の情を示し、甘えてくる。昔はこの犬も、島の他の犬と同じように、けんかをし、ネズミを捕ったりイタチを捕まえたりして、幸せに暮らしていたのだ。

それが、毎晩時計が十二時を打つと、犬は屋根裏の階段を下りてくるのである。このときはいそいそと軽やかな動きになって、目には見えない室内着の後について小走りに駆けているようだ。こちらの階段からあちらの階段へと絹がサラサラと擦れるかすかな音を聞いたという使用人がいる。犬は、幼い子犬のようにキャンキャンと鳴き、まるでそこに手があるかのようにジャンプして空《くう》をなめる。パタパタいう犬の足音が近づいてきて、吠え立てる声が聞こえてくると、使用人たちは自室の扉をしっかりと閉めた。彼らは、目に見えない存在に対して恐怖を覚えたが、それでも、幽霊が自分たちに危害を加えるとは思わなかった。亡くなった女主人が、どれほど公平で、いかに優しく、どんなに純粋であったかを覚えているからだ。後妻に乗っ取られた屋敷に戻って来るという、耐えがたい苦痛を忍んでいるのも、自分の望みではなくこの犬のためなのだ、使用人たちはそうささやき合った。

先妻が屋敷内を歩き回っている時分、夫と後妻はいつも寝室にいた。先妻は生前にしていたように、ドアと窓をひとつひとつ触って確認し、家じゅうの戸締りをしている。かつて、そんなときの先妻に、夫はこう言ったものだ。おまえはこの家にとって、本当に大事な存在だよ。

まもなく、使用人たちは、先妻が屋敷を守ってくれているのだと、心から信じるようになった。ある晩、粗忽者《そこつもの》の使用人が、火のついたろうそくを窓辺に置きっぱなしにして、風になびいたカーテンに火が付いた。その火が、いつのまにか消されていたのである。翌朝、焼け焦げたカーテンが発見され、ろうそくの火を消すのを忘れたと、台所係のモリーが涙ながらに告白した。

そういう奇妙なできごとについて、夫だけは何も知らなかった。夜中に部屋から出て歩かないよう、後妻が気を配っていたからだ。ところがある晩、ベッドに横になった夫は、忘れ物をしたから階下に取りに行ってくれと妻に頼んだ。妻は膝までの長さの髪をきれいにとかしていたが、黒髪のベールのあいだから夫に軽蔑の眼差しを向けた。死者の魂に対して夫が無神経であることに、とっさに腹が立ったのだろう。「いやよ」彼女がおもむろに口を開いた。「あの犬とその連れが行ってしまうまでは」。彼女は寝室のドアを大きく開くと、半ばこわごわと、半ば挑戦するかのように、真っ暗な空間をのぞきこんだ。

パタパタと階段を軽快に下りてくる犬の足音がする。夫は片肘をついて体を起こし、耳をすました。犬の足音と並んで、シュッ、シュッと絹の室内着が立てる音が階段から聞こえてくる。夫は目を大きく見開き、何か問いたげに妻を見た。彼女はドアをバタンと閉め、夫に言い放った。「もう何年も、こうだったのよ」彼女が続けた。「みんな知っているわ。知らないのはあなただけ。それにあの女は、あなたみたいに簡単に忘れはしないのだわ」

ある日、犬が死んだ。老衰だった。それ以来、誰も幽霊の音を聞かなくなった。もしかしたら、自分がいるべき場所に後妻がいるのを見るという先妻の試練がようやく終わり、彼女は天国へ向かうにふさわしいとされたのかもしれない。あるいはまた、煉獄*で十分に苦しんだので罪を赦されたのかもしれない。そのときから後妻は、人間であろうが幽霊であろうが、恋敵がいない状態で、女主人の座に君臨するようになったのである。

*煉獄　天国と地獄との間。カトリック教会の教義で、死者の霊が天国に入る前に、火によって罪を浄化される場所。

試合

月明かりの中、マイク・シーハンは眠れぬまま寝返りを打った。カモメも静まり返っているし、物音ひとつしない夜の暗闇に、彼の寝台がきしむ音がひびく。大西洋の波が、狭い谷間を通って彼の家の戸口の前まで押し寄せては泡立ち、吸い込むような大きな音をたてて引いていく。彼の粗末な家は、周りに何もない丘の斜面に立っている。戸口の前を石ころだらけの狭い道が通り、谷間を登って空に向かっている。すぐ下には、平らな一枚岩が斜めに下を向いて、白いしぶきを上げる海に向かって突き出ている。そこは危険な場所で、常に冷静さを保つことのできる人間でない限り、無事に通ることはできない。マイク・シーハンはそういう人間だ。マクロスの上空を飛ぶ鷲の目を持ち、野生のヤギのように山の斜面を登ることができた。酒を飲んでも酔っぱらうことがなく、冷静でない状態の彼を見たことがある者はいない。

マイクは身長一九八センチの立派な体格だ。地元の行事では、常に人々に必要とされた。それが近頃は、なんだか様子がおかしいようだとみんなに思われている。物悲しく厳かなその海辺の町では、精神に支障をきたすのは（特に、静かで物悲しい異常は）よくあることだ。

一年前、マイクとジャック・キンセラとのレスリングの試合が行われ、それを見ようと二つの県から人々が集まった。どちらが勝つか、誰にも予想できなかった。一方が優勢のときもあれば、他方が勝っているときもあった。互いに着実に得点を重ねていった。

ジャックは、キルサラのハーリング*チームのキャプテンで、マイクはクロネゴールのチームのキャプテンだ。どちらのキャプテンが、自らのチームをより多く勝利に導いたのか、誰にもわからない。

＊ハーリング　アイルランドに伝わる球技。屋外で行われ、木製のスティックでボールを打ってゴールを狙うもので、ホッケーの元祖とされる。アイルランドで人気のあるスポーツのひとつ。

レスリングの試合は友好的な雰囲気で始まった。なかなか勝負がつかず、初めのうちは、ふたりとも穏やかな笑顔を見せていた。試合は、日曜日のミサの後、教会の墓地の裏にある、静かな野原で行われた。ふたりの王者それぞれを応援する者たちは、本人よりずっと前から対抗意識を燃やしていた。どちらかの男が確実に相手に差をつければ、その男を応援している男や女にとって、素晴らしい日になるはずだった。けれども、その素晴らしい日は、どんどん遠のいていくようだった。どちらが優勢なのか、誰にも判断できなかったのだ。六月になっていた。ハーリングの試合ではなく、レスリングの試合でも、少数ではあるが女たちが観戦することがあるものだ。ほとんどが若い女だ。柔らかい髪をショールで覆い、ペチコートの下にはほっそりとした素足がつつましく納まっている。

このふたりの王者が憎みあうことになろうとは、地域の人々も想像していなかった。それもそのはず、そうなったのは、ふたりの胸の内に秘められたある想いが原因だからだ。ひとりきりでいるときに、それぞれの胸の奥で高まる想いであり、誰にも気づかれてはいなかった。しかしふたりが戦ううちに、その感情は、激しく断固たる決意として現れてきた。そのため、ふたりとも、この戦いでは負けるわけにはいかないと心に誓った。

不幸なことに、ふたりはあるひとりの少女に恋をしてしまい、それで苦しむことになったのだ。残念ながら、少女はどちらの想いにも応えなかった。修道院に入ると決めていたからだ。清らかで優しげな目元、すらりとした体格、白い頬をしたその少女は、ふたりの偉大な戦士が求める、この世に存在する唯一のひとだった。どちらの男も、この国のどんな女でもなびかせることができたであろう。それなのに、ふたりが少女に求婚すると、少女はどちらの気持ちも受け入れなかった。

心優しく内気な少女は、ふたりが絶望するような、はっきりとした断り方はしなかった。あきらめずに待ち続ければ、ふたりのうちのどちらかが、少女を花嫁にすることができたのかもしれない。けれども、少女は、どちらかひとりを選ぶことはしなかった。それに、少女がふたりの手から逃れ、キルブライド墓地に埋葬されてしまったので、どちらにも勝ち目はないように思えた。少女は墓の中に横たわっているのだから、どちらかひとりに優しい態度を示して他方と差をつけたとは、もう言えなくなった。少女が亡くなると、ふたりの戦いは、より激しさを増した。

ところが六か月後、まだ勝負が決まっていないというのに、ジャック・キンセラが病に倒れ、その少女エレンの後を追うようにして亡くなり、キルブライド墓地に埋葬された。これでマイク・シーハンは、はるか彼方まで、向かうところ敵なしの状態になった。けれども、少しの慰めにもならない。想いを寄せていた少女が死んだだけでなく、負かしてやりたいただ一人の男もいなくなり、負かすことができなくなったのだから。マイクはスポーツも娯楽もいっさいやめ、家でひとり寂しく、カモメに囲まれて暮らすようになり、悲痛な思いに暮れていた。ライバルだったあの男は、土壇場でまんまと自分から逃れた。そして、わがものにしたいと願っていたあのか細い足の少女のあとを懸命に追い、黄泉《よみ》の国に行ってしまった。どういうわけか、そう思えるのだ。

折に触れ、マイクの中にジャックを憎む気持ちがわき上がった。自分に負かされないいま、死んでいったからだ。けれども一方では、筋骨たくましい彼の体を両の手でがっちりと掴まえたこと、彼の力強い手にしっかりとつかまれたこと、大きな四肢でねじ伏せられたこと、あの日々を思い出し、燃えるような情熱でジャックを求めた。マイクの瞳は試合を渇望し、戦いを求めてぎらぎら光った。マイクの期待に応えるような戦いができる男は、死んだライバル以外にはいなかったし、マイク自身も地域の人々も、互角に戦うことができる者はもう現れないと思っている。

キルブライド墓地は本土の高原にあり、四方を石壁に囲まれて暗くたたずんでいる。墓地に至る道は、木々がトンネルのようにその上を覆っている。月が海を銀色に染めるほど輝いていても、その道は黒地のベルベットのように真っ暗だ。キルブライドはたいそう古い墓地だが、重要な石碑などがあるわけではない。ただ、苔むした墓石が斜めになっていたり、半ば土の中に埋もれていたりするだけだ。キルブライド通りに面して裏門があり、石段が中へと続いている。ここでは毎夜、殺人鬼コーディのおぞましい幽霊が、肩に重荷を背負って石段を上る姿が見えるという。

けれども、夜の暗闇の中、石段を上るマイク・シーハンは、何の恐れも感じなかった。ひっそりとした神聖な墓地の裏門を開くと、ギィーという音が静寂の中に響き渡る。月が頭のはるか上にあり、その光が、四方を石壁に囲まれた墓地にまっすぐ差している。土を小高く盛った塚の墓や、古い墓石がいくつも見える。

マイク・シーハンは、きっと、何かにとりつかれたようになっていたのだろう。でなければ、死者が安らかに眠る場所を、これほどにも汚《けが》そうとするはずがない。墓地の敷地に修道院の廃墟があり、その崩れた壁のそばに、できたばかりの塚があった。異様なほどの大きさだった。マイクは、塚のそばで立ち止まった。

「ジャック！」彼は、とどろきわたる大声で叫んだ。興奮して、声がしわがれている。

「さあ！　俺とおまえのどちらが強いか、決着をつけようじゃないか。出てきて俺と戦え、ジャック！　おまえが俺に勝ったら、エレンは永遠におまえのものだ！」

マイクの目は血走っている。霧が海から忍び寄ってくる。決闘を申し込んだとたん、マイクは一瞬、めまいを覚え、体がふらつくのを感じた。墓地には、月の光を浴びて銀色に輝く霧が立ち込めている。そのとき、彼には見えた。右を見て、左に目を移していくうちに、そこに存在していた物が消えていく。その代わり、マイクの周りに大きな輪を描くように、影のような顔が並び、彼を見つめている。その多くは、知っている顔だ。マイクの村の少年や少女、大人の男や女で、何年も前に死んだ者たちだ。知らない顔もあったが、きっと、ロスカーベリーの向こうにある、ジャックが住んでいたキルサラ村の幽霊だろう、マイクはそう想像した。見覚えある者たちの中にエレンの顔を見つけ出そうと、マイクは目を凝らした。と、エレンかもしれない顔があった。影のような髪のベールで顔を覆い隠した女の幽霊だ。女の目は見えない。そのとき、目の前にジャックが現れた。

キルブライド墓地で偉大なレスリングの試合が始まった。死者は粘土のように冷たい四肢で生者をねじ伏せ、心臓の血が恐怖で凍りつくほど冷たい手で彼を捕らえた。死者が冷ややかな吐息を音もたてずに吹きかけると、マイクはひるんだように見えた。それでもマイクは猛然と戦った。憎いと思う気持ちからだけでなく、愛を勝ち取るために戦っているようだった。彼は薄々感づいていた。死者という相手に、自分は負けてしまうのではないか。おぼろげにそう感じた。幽霊の観客たちが興奮して周りにどっと押し寄せた。その影のような顔で覗き込み、かすんだ姿が霧の中で揺れる。死者の亡霊は、マイク・シーハンを強大な力で押さえつけた。マイクは腕の自由を奪われ、息ができなくなり、その髪は逆立った。体中に戦慄が走る。

あまりにもおぞましいこの不気味な戦いで自分は死ぬのだ、マイクがそう感じた瞬間、耳元でささやく声がした。エレンの声のように思えた。かすんでよく見えない目をゆっくりとそちらへ向けると、銀色を帯びた金髪のベールで隠れたその下に、確かにエレンの瞳が見えた。

「左側の草の上へ引き寄せて」と声が言う。「そこで転ばせるのよ」。マイク・シーハンの中に、かつてのその人への愛と嫉妬の感情がわき上がった。超人的な力をふりしぼり、マイクは自分を羽交い絞めにしている腕をはねのけた。

マイクの心の中の恐怖心が消えた。彼は猛然と死者につかみかかると、左にある草の方に引き寄せた。草は夏の暑さでしおれ、その上はガラスのように滑らかですべりやすくなっている。一瞬、死者を取り押さえたままマイクはぐらつき、ふたりは激しい勢いで共に倒れた。しかし、マイクが先に体を起こし、死者の胸を膝で押さえつけた。

マイクがはっと我に返ると、辺りは穏やかに静まり返っており、月がこうこうと輝いていた。修道院の崩れた壁の中からフクロウが鳴く声が聞こえ、遠くから番犬の吠える声がする。墓地は、永遠の眠りを保ったままだ。

マイクは露にぐっしょり濡れて、ジャック・キンセラの墓からぎこちなく立ち上がった。その上に横になっていたのだ。もうすぐ夜明けになる。月が低い位置にある。彼は、しんとした辺りをぐるりと見渡した。

別の男なら、すべて夢だったと思うだろう。しかし、マイク・シーハンは違った。彼は、亡霊を投げ飛ばしたこと、エレンが自分の味方であったことを思い出し、強烈な喜びを感じた。

「大切な人よ、きみはもう、俺のものだ」マイクはその人に情熱的に呼びかけた。「そこに眠っている、きみに振られた男を気の毒に思う。その男は、いつも正々堂々と戦っていたからな。俺の方が強いと、今なら認めてくれるだろう」。それから、自分に言い聞かせるように付け足した。「ジャック、おまえが気の毒だよ！　つるつるの草の上で転ばせるのではなく、すべらない地面で戦って投げ飛ばしたかった。その方が、おまえより俺が強いと思えるからな」

死の縄

アガグリー教会堂の天井高く、埃にまみれた垂木に、細長いしわだらけのものがぶら下がっている。神父の説教が、最後の審判や地獄の業火といった恐ろしい話になると、人々は身震いしてそれを見上げる。それは、死んだある女の体から外されたものだ。女は、不浄な欲望で求め続けた男との暮らしと引き換えに、自らの魂の死を選んだのだ。

見渡す限りごつごつした岩と流木ばかりの陰鬱な場所に、その教会堂はある。そこに集う男や女や子どもはみな、罪を悔い改めずに死んでいったモーリーン・ホリオンの死にぎわについて、何度も聞かされている。冬の夜、人々はひそひそとささやき合った。ヒュー神父が彼女の魂を救うべく悪魔と対決し、耐えがたい苦しみに涙を流したこと、その額には汗が吹き出していたこと。かつてはイエスを信じる者として教会に受け入れていた罪人が救われるよう、神父が神の赦しを求めたこと。

それでもモーリーンは、その男を愛し罪を犯したことを悔い改めなかった。ロサトルク屋敷の使用人によれば、祈禱の努力もむなしく、神父は疲れ切って倒れた。そのとき、悪女モーリーンの喉からガラガラと音がして、あざけるようなけたたましい笑い声が屋敷の上空へ上がっていくように聞こえ、奇妙な叫び声と巨大な翼が羽ばたくような音がした。スリーブ・リーグ*の山の上を舞う鷲の鳴き声と羽ばたきに似てはいたが、はるかに大きな音だったという。

＊スリーブ・リーグ　ドニゴール県にある、大西洋に面した標高六〇一メートルの山。海側は断崖になっている。アイルランド有数の景勝地。

教会堂の垂木にぶら下がっている悪魔の印《しるし》のようなものは、悪女モーリーンがロバート・モリニュー卿の愛をつなぎとめておくための「死の縄」だった。縄には強大な威力があり、母から生まれし者は誰しもあらがうことはできない。神の力をもってのみ、あらがうことができるのだ。ロサトルクの領主、浅はかなロバート・モリニュー卿は自らのいまわのきわに、人間を救おうとして死んでいった慈悲深いイエスを想った。イエスの十字架に対しては、大地の悪魔や大気に漂う魔物、水や風に潜む悪霊、それに魔女や不埒なまじない師も、みな無力だからだ。

それにしても「死の縄」というものは、悪魔の王が考え出したのに違いない。でなければ、たとえ心を鬼にしても、人間が埋葬されたばかりの墓を掘り起こし、抵抗することのできない死体の、頭からかかとまで皮を剥ぎ取って「死の縄」とするなど、できる者が他にいようか。

激しい情愛が人の心を完全に支配してしまうほど恐ろしいことはなく、悪魔が人間の魂を我がものにしようとするとき、これほど確実な手段はない。そんな風にして失われた、ひとつの魂の（いや、ほとんどふたつの魂と言ってよいのだが）はっきりとした印《しるし》が、神聖な教会堂の垂木になにげなくぶら下がっている。ランプの灯が燃え、祈りを捧げる者のために開け放たれたままの戸口から海風が優しく吹き込んでいる、神聖な教会堂にそんなものがあるとは奇妙なことだ。

ロバート・モリニュー卿はこの地方の領主だった。スポーツ好きで無鉄砲な性格で、この階級の男がよくやる間違いを犯していた。酒を飲み、ギャンブルに興じ、暴力をふるい、自分の欲望のため領民を虐げていたのだ。それだけではない。ある善良な夫婦の娘に恥をかかせ、娘は悲嘆にくれたまま海のかなたの国へ追いやられることになった。

そのロバート卿が、ダンロー卿の娘と婚約したと聞いて、次はその女性なのか、と人々は噂した。それでも領民には、彼が結婚する方が都合がよいとも思えた。というのも、ダンロー卿の娘は、親切で慈悲の心に満ちあふれ、清純で穏やかな女性として、その名が遠方まで知れ渡っていたからである。ある若い女性が赤ん坊を身ごもって絶望し、霧の立つ海を遠い異国へ向かう船に乗り、ニューヨークの街角で、身も心もずたずたになってわびしく野垂れ死にする、そんなみじめな話など、ダンロー卿の娘は知る由もない。彼女はどういうわけか、奔放にふるまう男に対しても、純粋な愛情を抱くことができた。そして、ロバート卿の、ハンサムで整った顔を優しく撫でながら愛おしい気持ちになった。この男《ひと》の身も心もすぐに私のものになる、なんと心が安らぐことか。

ロバート卿はこれまでずっと、自分より身分の低い女に軽薄な態度で接してきており、その習慣をやめることができなかった。それが、婚約者のレディ・エヴァと共にいて、無垢で愛らしい瞳を見つめていると、彼女の愛に勝るものなど何もないと思えた。けれども馬で遠方へ出かけ、道中で美しい女性を見かけると止まって話しかけずにはいられず、ついにはキスをすることになるのだった。美しい顔にキスをするのが大好きで、その癖を直すことはできないと思っている。それでも幾度となく自分自身に言い聞かせ、大きな誓いを立てた。妻になる女性以外の女の唇には、二度とキスをしない、と。ロバート卿に善の心が芽生えていたのである。

結婚式の二週間前、ロバート卿は狩りをして一日を過ごした。早朝から露の降りる夜中まで、彼の一行は狩りに興じた。猟犬が、かなり遠くまで古狐を追っていったからである。友人の邸宅に着いた彼は、泥だらけでへとへとに疲れてはいたが機嫌がよく、狩人にふさわしい食欲を感じていた。しかし、彼にとっては、その館に足を踏み入れることなどしないほうが良かったのだ。

彼が風呂から上がり、さっぱりした姿で階段を下りていくと、その途中に、肌の浅黒い、美しい若い女がいるのを見かけた。女は使用人だった。ロバート卿を通すため、脇へ寄った。けれども、ロバート・モリニューが女の横をそのまま通り過ぎるはずがない。彼は女の腰にさっと腕を回した。これまで、あまりにも多くの女たちがそんな風にされて、抗うことができなかったように。少しの間、彼は黒く輝く女の美しい瞳を見つめた。それから、キスをしようと身をかがめると、女はきゃっと声を上げ身をふりほどくと、暗闇の中へ逃げて行った。

その夜、ロバート卿はぐっすりと眠った。一日中狩りをし、夜には深酒をした男にふさわしい、死んだような深い眠りだった。ところが、翌朝目を覚ますと、気分が悪いし、なんとも情けない気持ちになっていた。ロバート・モリニューにはなじみのない心身の状態だ。それは、真夜中から夜明けまで、彼の膝に「死の縄」が巻きつけられていたせいだった。

彼は落ち込んだ気分のまま、愛らしい婚約者への気持ちを募らせた。その女《ひと》への愛が、彼の中に善を目覚めさせた、あの女性だ。ロバート卿の馬は足を痛めて歩けなかったので、朝食後、彼は屋敷の主人に馬車を用意してくれるよう頼んだ。その女《ひと》のもとへ行こうとしたのだ。彼女に会えば、もう何の心配もないと思われた。それなのに、屋敷の玄関に立つと、どういうわけか行くのがためらわれた。

どんよりとしたうら寂しい天気で、馬車の窓にみぞれがポツポツと当たっている。ロバート・モリニューは、両膝の間に頭が入るほどに上体を曲げ、その両手はぎゅっと握りしめられている。彼の心に立ちはだかり、愛する人の優しく曇りのない顔を消し去ろうとするのは、どの顔だったか。それは、前の晩に階段で出会った、浅黒く美しい女の顔だった。その女に対する欲望が、急に、業火のように胸の中にわき上がった。婚約者エヴァと彼は遠く離れており、彼の中の浅黒い女を求める気持ちが凄まじい勢いで強くなっていく。

まるで、心臓に縄がかけられて、後ろに引きずられていくような感じだ。彼は馬車の中でがっくりと両膝をつき、むせび泣いた。もし祈り方を知っていたら、祈っただろう。邪悪な女に対する欲望と、清らかな女性への恋しい気持ちとの間で、彼はまっぷたつに引き裂かれた。何度となく、駆者に引き返すようにと声を掛けたくなった。そのたびごとに馬車の床に身を投げ出し、両手で顔を覆い、襲いかかってくる呪いと格闘した。彼は一マイルごとにエヴァに近づき、安全な場所に近づいていった。

駆者は激しいみぞれに打たれつつ馬車を走らせた。目的地に着いたら、ロバート卿からいくらもらえるだろうと考えていた。気前の良い紳士だし、結婚も控えているのだから、半ポンドだってどうってことない金額だろう。あと少しで謝礼がもらえると想像しながら、駆者は勇ましくみぞれに顔を向け、馬具置き場にある暖かい暖炉の火を思い出さないようにした。というのも、ロバート卿を送っていくようにと呼ばれたとき、彼はそこにいたからだ。

道のりを半分まで進んだところで、窓の中から駆者を呼ぶ声がした。駆者が振り返った。「戻れ！　戻ってくれ！」声が言った。「急いでくれ！　一時間で戻ったら、一ポンドやる」。駆者は驚いた。でも、一ポンドは半ポンドより魅力的だ。彼は、戸惑っている馬を、もと来た方向へ向けた。

ロバート・モリニューの苦しみは終わった。エヴァの顔は、もうすっかり消えている。誘惑に負けたことに無上の喜びを感じるだけだ。早く時間が過ぎて欲しい。屋敷に続くあの薄暗い道を突っ走りたい。馭者は懸命に馬車を進め、馬たちは汗だくになっている。それでもロバート・モリニューは、窓から馭者に声をかけ続け、馬車のスピードを上げさせ、報酬をどんどん釣り上げた。

友人の家に向かうヒノキ通りを半分ほど行くと、頭にショールを巻いた女が物陰からさっと出てきて、馬車の窓から外をのぞく紅潮した顔に合図を送った。ロバート・モリニューは馭者に向かって叫んだ。止まれ。彼は馬車から跳び下りると、女を抱きかかえて馬車に乗せた。

それから馭者に向かって一握りの金貨と銀貨を放り投げた。「ロサトルク屋敷へ」ロバート卿がそう言うと、馭者は馬車の向きを変え、疲れ果てた馬に再び鞭を打った。ロバート・モリニューが女を腕に抱くと、女は笑った。身持ちが悪い女の、不快な笑い声だ。

「あなたに会いにきたの」彼女が言った。「来るとわかっていたから」

ロバート・モリニューは、女を屋敷に入れたその日から、仲間が集ういつもの場所に姿を現さなくなった。人が訪ねてきても、誰にも会わない。結婚式の日が過ぎた。

ダンロー卿は激怒した。ロバート卿から説明を聞かなくてはならず、その後は彼を懲らしめてやろうと、馬で駆け付けた。しかし、目の前のロサトルク屋敷の重厚な門は閉ざされたままだった。

ロバート・モリニューが、不謹慎なことに、モーリーン・ホリオンと暮らしていることは、誰もが知っている。レディ・エヴァは顔色が悪くなっていき、悲しみと不名誉のため、すっかり落ち込んだ。まもなく、父親が屋敷から娘を連れ出してかくまい、屋敷は使用人に託された。

近隣のたくましい領主たちが、ロバート・モリニューに抗議しようとロサトルク屋敷へと馬を乗り付け、長鞭で門を叩いた。ロバート卿の父親に頼まれたからかもしれない。あるいは、ロバート卿を想ってのことだったのかもしれない。けれども、屋敷からは何の反応もない。

ロサトルク屋敷の使用人はみんな辞めてしまい、残ったのは、のぞき魔のフランス人の使用人と、彼が妻と呼ぶ女だけだった。この二人は、品行方正とは言い難かった。

しばらくすると、もう誰も干渉しなくなった。ロサトルク屋敷について、悪い噂が流れるようになっていた。庭園は荒れ放題、館は半ば廃墟と化した。猟師が、帰りが遅くなって、近道をしようと屋敷の庭園を横切ると、館の高い窓に、黒髪に縁どられたモーリーン・ホリオンの野蛮な顔がちらりと見えたことがあった。冬の燃えるような夕陽が、まるで地獄の炎のように彼女の顔を照らしていた。それ以外は、彼女の顔を見た者はいなかった。

ロバート卿は酒を飲み、領民にかつてよりずっと高い地代を要求しているとのことだった。隣町の悪名高い弁護士に仕事を任せ、期日までに地代を払うことができない者がいると、その家の屋根を引きはがした。領民は住む場所を失い、死んでいった。

そんな風にして数年の月日が流れ、人々はこのふたりに神の裁きが下るのを待ち望んでいた。

そして、長い年月が過ぎたあるとき、ヒュー神父のもとに、あのフランス人の妻が、気をもみながらやって来た。ふたりが死にそうだというのだ。神の赦しを得ることなく死なせるわけにはいかない、という。

しかし、「悪女モーリーン」と呼ばれたモーリーン・ホリオンは、「死の縄」を腰にしっかりと結んでいて、最期まで離そうとはしなかった。その縄が、ロバート・モリニューの愛をつなぎとめていたのだった。彼女の体から邪《よこしま》な吐息が漏れ出た後で、人々は縄を切った。すると縄は、よじれた状態で床に落ちた。まるで死んだ蛇のように。

離れた別の部屋に、瀕死のロバート・モリニューがいた。そのとき、彼に不思議な安らぎが訪れた。長いあいだ感じていた罪の意識が消え去って、彼はただ、後悔の念でいっぱいになった。それはまるで、彼が遠い昔に愛した善良な女性がその場にいて、彼女のドレスのすそにひざまずき、ゆるしを請うているような気分だった。

ヒュー神父は、彼が死ぬ前に罪を赦した。広くがらんとした屋敷のあちこちに聖水を振りまき、聖書を朗読して歩いた。

気性が激しい人々が少なからずいるその村で、神父は、もう惚れ薬や魔術を悪用する者が出ないように、そして、この恐ろしい話を忘れることのないよう、アガグリー教会堂に「死の縄」を吊るしたのである。

裕福な女

島の人々にとって、マーグレット・ラファーンは謎めいた存在だ。むかし、まだ若いと言っていい年頃のとき、六年ほど姿を消していた。それがある日、青と白のチェック模様の粗末な服装で現れた。救貧院*か精神病院の施設着みたいなそのいでたちで、顔見知りの隣人たちにうなずいて挨拶し、まるで昨日会ったばかりという風情である。

＊救貧院　貧困者を救済し、住居を提供するために設けられた施設。収容者には仕事が与えられた。

ちょうどその頃、地主のお屋敷では数日前に鶏の世話係の女が亡くなっていた。マーグレットがお屋敷を訪れ、働き口があるか家政婦のウィルキンソン夫人に尋ねると、世話係の後任が決まっておらず、マーグレットがその職を手に入れた。

誰もがこの仕事をしたがるわけではない。人間嫌いな者だけが気に入るような仕事だ。

世話係が住む小さな家も鶏小屋も、人里から何マイルも離れた、なんとも寂しいところにあるからだ。その場所は赤い岩の谷間にあり、お屋敷との間には森が広がっている。谷間には高い赤岩の壁がそびえ立ち、波がとどろく音さえ聞こえない。村があるのは、はるか下だ。谷間から急な坂道を下っていくと、開けたところに出る。そこからさらに下に、村の家々の煙突の煙が昇っているのが見える。

毎朝マーグレットは、縛り上げた鶏を数羽と卵をいくつかお屋敷へ届ける。鹿や野生の赤牛が鶏小屋に近づいてきて、柵の向こう側からマーグレットと鶏を興味深げに眺めるほかは、ひとり静かな彼女の時間の邪魔をするものはいない。そんな風にして二十七年間、マーグレットは鶏だけを相棒として暮らした。日曜日や祝日になると、島の教会で行われるミサに参列する。それでも、誰かが一緒に帰ろうというそぶりを見せると、マーグレットは嫌がった。

ひとりぼっちの寂しい暮らしに、どうして耐えられるのだろう。島の女たちは不思議に思った。「神よ、われらを守りたまえ」女たちは言った。「だって、あの女《ひと》が強盗に襲われたり、殺されたりしても、誰も気づかないよ」。島民の中に泥棒や人殺しがいたとしたら、そうなったかもしれない。でもこの島にあるのは、素朴で平和な集落だ。人々はドアを開けて眠ることも多く、強盗を惹きつけるものなどないし、乞食が住み着くこともない。

やがて、マーグレットが大金を貯め込んでいるという噂がささやかれるようになった。鶏の世話係としての稼ぎは取るに足りないが、それでも人々は言い合った。「あの女《ひと》は、爪に火をともすようにして暮らしているのさ」。毎朝、マーグレットは卵と鶏を抱えてお屋敷へ行き、台所で待つ。食べ物がたっぷりとあり、マーグレットも分けてもらえる。おまけに、彼女が着ている服は、見苦しくないとはいえ、ずいぶん着古したように見える。隣人たちはさりげなく探りを入れるが、状況はよくわからない。マーグレットは陰気でむっつりとしていて、何でも自分の胸に秘めておくたちだ。きっと、財産のことも、死ぬまで明かさないのだろう。

マーグレットの弟ジャック・ラファーンは村の大工だ。質素な暮らしをしてはいるが、人づきあいのいい男で、姉とは少しも似ていない。仕事をさぼって、パブでいつもの連中と一杯やるのが好きだ。でもかみさんの尻に敷かれているため、残念ながら、パブに入り浸っているわけではない。ジャックの一家には、娘が四人と十五歳くらいの一人息子がいる。娘のうちふたりは、大きな町でお屋敷の使用人として住み込みで働いている。毎日リボンのついたキャップをかぶり、繊細なレースのエプロンをして働いているそうだ。もうひとりの娘は、郵便局でベル婦人の手伝いをしている。ティアニー神父宛ての手紙をのぞいて、他の手紙は全部、宛名の人物に届ける前に読んでしまい、内容を知っている。末娘のファニーは両親と一緒に住んでいる。都会にいる姉たちから送られてくる、粗悪品のブローチやちゃちなリボンなど、安物のアクセサリーが大変お気に入りのようだ。島の若い男たちに相手にされないので、あたしだって都会に出るのよ、と言っている。男たちはファニーを「どうしようもない自惚れ屋」だと思っている。

ジャックのかみさんは、厳しくてやり手の女とのもっぱらの評判だ。かみさんとマーグレットは仲が良くない。六年間本土にいたマーグレットが島に戻ってきたときも、なぜいきさつを話さないのか、どうしてあんな奇妙なチェック模様の服を着ているのか、いちばん意地の悪い憶測を巡らせたのも、ジャックのかみさんだった。

四半世紀のあいだ、マーグレットは鶏に囲まれ、親戚に悩まされることなく暮らしていた。ところが、マーグレットが大金を持っているという小さな噂は、どんどん大きくなっていった。噂を耳にしたジャックのかみさんの心は浮き立った。もの知らずなので、どんなにばかげた話でも信じてしまうのだ。

長年姉さんをないがしろにしたのは全部あんたのせいだ、かみさんはそう言ってジャックを驚かせた。ジャックがあぜんとしてかみさんを見つめると、かみさんはジャックの両肩につかみかかり、歯をガチガチ鳴らせるほど強く揺さぶった。「あんたは大ばかだよ！」かみさんは、まだ夫を揺さぶっている。「姉さんの面倒も見てやれないなんてさ！　独りぼっちで気の毒じゃないか！」

その日、ジャックは愚かにも、三十年もの間の溝を埋めようと、マーグレットを訪ねて行った。けれども姉には仲良くする気などないようだった。気の毒にもジャックは、椅子の端にちょこんと腰かけて、なんとかして普通に話そうと、そわそわと落ち着かない。マーグレットは弟のそんな姿を、薄笑いみたいな表情を浮かべ、楽しそうに眺めている。ついにジャックは、今度の日曜日に食事をしに来てほしいという妻からの言葉を、出し抜けに口にした。マーグレットが何の感情も表わさずに招待を受け入れると、ジャックはそそくさと立ち去った。

マーグレットは日曜日に食事にやってきて、大きな鶏肉と少々のベーコンをごちそうになった。ラファーン家には、多少の余裕があるのだ。マーグレットは食事を十分に堪能していたようだが、ほとんど何も言わず、口を開いたとしても、その言葉は短く素っ気ない。けれどもマーグレットは、子どもの頃から無口だった。それに、長い間ひとりで暮らしているので、言葉が出にくくなっている。

ジャックのかみさんは、マーグレットの皿に食べ物をたっぷりと盛り付け、彼女を大切な客人のようにもてなした。マーグレットは食事を楽しんでいるようだが、その他のことには何の反応も示さない。客人に芸を披露させるため、息子のヤング・ジャックが連れてこられ、おどおどしながらやって見せた。次に、娘たちがいかに美しくて、優しく賢いか、延々と自慢がなされたが、マーグレットはちっとも興味を示さない。ファニーは、マーグレットがなんともいえない陰気な目つきで自分を見ているのに気づいた。それで、急にきまりが悪く不快な気分になった。自分では、あか抜けた女性のつもりだったというのに。

食事に招待されたマーグレットが見せた態度は、野心に満ちたかみさんを満足させるものではなかった。マーグレットが立ち去ると、かみさんは「気難しいオールドミスめ」とののしり、「ああいう女はね、神さまから祝福されている、うちみたいな家族が気に入らないから、いつだってむっつりしているのさ」と言い放った。

とはいうものの、マーグレットが日曜日にラファーン家で食事をするのは習慣となった。しばらくすると、おいしい食事でマーグレットが丸々と健康的になり、まるで息を吹き返したように元気になっていることに、かみさんは気づいた。ただそれは、あまり望ましいことではなかったようだ。

　隣人たちは、ジャックのかみさんの「ばかげた振る舞い」がまるでスキャンダルであるかのように噂した。数人が集まればその話題になり、年老いた女性の財産をねらうなんて、まったくの恥知らずだときめつけた。でも実は、最近親しくなった身内として、かみさんこそ、マーグレットの財産をもらうにふさわしい人間だ、島の女たちは、ほとんど全員がそう思っていたのだが。

　それでも、ディバインの奥さんとカーヒルの奥さんは、ある日の朝、あきれて頭を振りつつ言い合った。「ライザ・ラファーンの、ごうつく張りで意地汚いこと。おおいやだ」。ところがその日しばらくして、カーヒルの奥さんがかごいっぱいの食べ物を抱えて坂道を上っていくとき、ディバインの奥さんが空っぽのかごを手に下りてくるのに出くわした。ふたりとも、出会ったことを喜んでいるようには見えなかった。

　赤い岩の谷間にあるマーグレットの小さな家を訪ねることは、あっという間に公然の事実となった。驚いたことに、子どもの頃の友人関係が再開したし、遠縁の者たちは親戚関係を言い立て、みんなに知らしめた。谷間に続く道に生えていた雑草は踏み固められ、立派な坂道ができあがった。女たちがぜいぜい喘ぎながら坂道を上っていく代わりに、小さな娘や幼い息子のトミーやラリーが、小魚一匹やパンケーキ、もしくは新鮮な野菜を少々手に、マーグレットのもとへ行かされることもあった。

島の男たちは、女たちのこのような振る舞いをいささか軽蔑している。けれども島の習わしどおりに、女たちは自分の意志を貫き、やりたいようにしている。マーグレットに対するこのような友情は、女たちの間に興味深い分裂を引き起こし、多くの敵意を生み出した。

マーグレットは、なるほど貢物を受け取って豊かになっていったが、彼女に誰かお気に入りの人間がいるのかどうかはわからない。マーグレットは全員に同じように、わざとらしい軽薄な響きを帯びた甘ったるい調子で感謝の言葉を口にするようになった。しばらくすると、正気に戻った数人は「あの女は、お金を悪魔につぎ込んでいる」と言って、このばかばかしい競争から下りた。

ジャックのかみさんは、島の人間がマーグレットの財産をもらうことになるなら、それは自分だろうとずっと思い込んでいた。それでも、教会への寄付として全財産がティアニー神父に譲られるかもしれないと心配になり、そのことを夫に打ち明けた。

マーグレットの心は硬い殻に覆われ、外の世界から遮断されている。かみさんは、義理の姉の心を覆う殻を取り除こうとするのをとうにあきらめていた。彼女はまた、子どもの芸でマーグレットの関心を引くのもあきらめた。それで、日曜日にやって来るお客の前でヤング・ジャックが詩を暗唱することもなくなった。子どもたちは、マーグレットの青い瞳に宿る、あざけるような表情が嫌でたまらなかったので、なるべく彼女に近寄らないようにした。というのも、子どもたちは母親を恐れるあまり、表向きには嫌だと言えなかったから。本当は言いたかったのだけれど。

それから二、三年が過ぎ、マーグレットは少しずつ衰えていった。ある年、とても寒い冬がようやく終わろうとする頃、人々はマーグレットの体がずいぶんと弱っていることに気づいた。日曜日のミサを二、三度欠席し、次の日曜日には杖を突いて現れたが、ひどく具合が悪そうで、弱々しい様子だった。ミサの後、マーグレットは司祭館でティアニー神父とふたりだけで話をした。それからのろのろとジャックの家へ向かい、いつものように食事をした。

午後にはジャックとかみさんが彼女を家まで送ったが、ふたりに手助けしてもらっても、坂道を上って自宅へ戻ることが大変つらいということに、その気丈な老女自身も気づいたのだった。

坂のてっぺんまで上ったところで、マーグレットはひと休みした。彼女は静かに口を開いた。「教会に行くのは、もうやめようと思う。その代わり、ティアニー神父がうちに来てくれることになったから」

「ちょ、ちょっと、姉さん」かみさんは頬を真っ赤に膨らませた。「お天気が良くなったら、またいつものように会えるからさ」。それから、猫なで声でほのめかした。「後のことは、すべて段取りをつけてあるからね」

マーグレットは義理の妹を見上げた。その瞳は、何かを面白がっているようだった。

「だけどあたしみたいな貧乏な老婆が、何の段取りをしなくちゃならないんだい？　まるで、金持ちの農夫がいよいよ亡くなるってときの話みたいだね」

ジャックのかみさんは、今後のことに良からぬ影響を及ぼすかもしれないと不安になって、くだんの話をあえて口に出さなかった。マーグレットの家の手伝いと鶏の世話をファニーにさせると申し出たが、マーグレットはそれを拒んだ。「まだ少しの間、自分のことは自分でできるさ」マーグレットは言った。「ご親切にどうも」

マーグレットの体が衰えているということが島中に知れ渡ると、人々の親切な行動は、ますますエスカレートした。隣人たちはつんとした態度で、坂道ですれ違う。ジャックのかみさんは、もういっそ世話係の家に住んでしまいたいと思っていて、毎日おせっかいな女たちを見ては、怒りに身を震わせている。あるとき夜中にジャックをたたき起こし、金持ちの義理の姉のことをティアニー神父に聞いてみる、と激しい剣幕で言い放った。けれどもジャックが思いとどまらせた。「悪く言いたくはないが、神父さまだってちょっと金をもらったら、他のやつらと同じように喜ぶだろうよ。ずっとやりたいと思っている、日曜学校の校舎を建て直すことができるんだからな」。そう聞かされたかみさんは、神父に対する不信感を募らせた。あの人も、財産をねらっているなんて。

その頃、驚いたことに、マーグレットの家の食料置き場に風変わりな贈り物が山ほど届けられていた。病人にふさわしい見舞いの品を持たない者たちが、手持ちの食べ物を持ってきたからだ。マーグレットは相変わらず謎めいた表情で、すべてを受け取る。まるで、籠城戦に備えているようだった。ジャックのかみさんからもらったチキンの隣にはアメリカ産のベーコンの塊が置かれ、こっちにはタラの塩漬け、あっちにはジャガイモの入った袋、それに、塩バターひとつとパンケーキが並んでいる。良識ある女たちは、自分が届ける食べ物が無駄になることを知っていた。マーグレットの食料置き場を見ては、家で待つ夫や幼い子どもたちを思い、ため息をつく。そんなことが起こっている間じゅう、マーグレットの財産に対する根拠のない期待が高まり、善良な人々を誘惑しているのだった。むかし、農家で牛が盗まれたことはあるが、それ以外は、島には泥棒といえるようなことは一度も起こってはいない。それでも、夜の静寂《しじま》の中、マーグレットがたったひとりで大金と過ごしているなんて、強盗に襲われたらどうしよう、善良な女たちはそう考えて身震いするのだった。

マーグレットのもとに貢ぎ物が置かれない日は、一日としてなかった。ところが、あるときふいに、マーグレットは陳腐なお礼を述べるかわりに謎めいた言葉を口にするようになった。「ねぇ、親切なおまえさん。こんなことしたって、何の役にも立ちゃしないよ」。そんな不可解な言葉を聞いた女たちは、マーグレットの頭がおかしくなったのではないかといぶかった。

そして、みながすべてを悟ることになった。あるとき、骨ばった大柄な女が、フェリーで島に渡って来た。マーグレットと同じ、人を疑うような目つきをして、口元に皮肉な笑いを浮かべ、のろのろと歩いている。大きな旅行鞄を抱えていたので、島に届く荷物を運搬しているバーニー・ライダーが、ロバに引かせた荷車に鞄を載せようとした。するとその見慣れぬ女は、小ばかにしたように彼を振り払った。

「そこの坊やたちふたり、こっちに来てよ」女は、ニヤニヤして自分を眺めていたジャック・ラファーンの息子と、その友人を捕まえて言った。「この鞄を運んでちょうだい。赤い谷間に住んでいるマーグレット・ラファーンの家に、あたしを案内するのよ。そこに着いたら、ふたりに六ペンスあげるから」

ふたりの少年は興味津々で鞄を持ち上げ、マーグレットの家までの一マイルほどの坂道を、女の前を歩いて上っていった。女が、少年たちの後についてその家の日当たりの良い台所に入っていくと、マーグレットが腰かけて待っていた。少年らが鞄を床に置くと、女はふたりに六ペンスを渡した。そして、ふたりを押し出してから玄関のドアをぴしゃりと閉め、それから暖炉脇にいるマーグレットを見やった。

ことのいきさつは、神父から説明された。神父が夕焼けの中を歩いていると、ジャックのかみさんが帽子のリボンをなびかせ、まっしぐらにやって来たのだ。

「息子のジャックがおかしなことを言うんですよ、神父さま」息を切らせながら、かみさんは声を上げた。「若い女が、谷間のマーグレットばあさんの家を訪れていて、家みたいに大きな鞄を持っているって。ジャックとマーティンが、ぼろ布の上に鞄をのせて、坂の上まで引っ張って運んだそうです」

神父は、ひどく興奮しているかみさんを優しくなだめた。

「すべて知っていますよ」神父が続けた。「私が、マーグレットの娘を探し出す手伝いをしたのですからね。ラファーンさん、義理のお姉さんが結婚していることを知らなかったというのですか？　ご主人の姓を使わないなんて、確かに変わっていますけどね。でもこれからは、本当の名前で呼んであげましょう。ミセス・コニーリーですよ」

ジャックのかみさんは、激しく感情を高ぶらせ、目の前に神父がいるというのに抑えられず、隣人たちがのちに「死人も目を覚ます」と表現するほどの金切り声を上げた。彼女は走って家に帰りベッドに身を投げ出すと、強い意志でヒステリーの発作をどうにか抑えた。ディバインの奥さんとカーヒルの奥さん、それに未亡人のマルベイニーさんが駆け込んできて、水をぶっかけようかと相談していると、ジャックのかみさんはようやく正気を取り戻した。バタバタさせていた足を止め、急に立ち上がると、決然と言い放った。「余計なお世話だよ。みんな出ていけ！」

のちにかみさんはマーグレットのことを、貧乏人からむしり取る悪党、と言ったものだ。それは、正しい表現ではなかったけれど、そう呼ぶことでかみさんは気持ちを静めることができた。

私たちが後で聞いたところによると、マーグレットはアイルランド本土で結婚し、娘が生まれた後に躁病の発作を起こしたため、その地域の精神病院に収容された。

やがて彼女は快復したと判断され、夫が彼女を迎えに来る日時が決められた。けれどもマーグレットは、結婚生活のわずらわしさに嫌気が差していたので、夫が迎えに来る前に病院からこっそり抜け出して、島へ向かったのだった。島の人々に独身だと思われるのは都合が良かったが、体が弱ってきたと感じると、ティアニー神父に秘密を打ち明けた。そして、神父がマーグレットの娘を探し出してくれたのだった。

数か月ののちマーグレットは亡くなり、幸運な相続人に三十ポンドが遺された。食料置き場には食べ物がたっぷりとあり、長い間ふたりにはそれで十分だったので、財産に手を付けることはなかったのだ。その後、村の人々が赤い谷間の家を訪れることは、ほとんどなくなった。はじめのうち、好奇心から訪ねて行った村人もいたが、目の前でバタンとドアを閉められた。娘のメアリーは、マーグレットの何倍も疑い深いたちだったからだ。

ジャック・ラファーン一家が失望から立ち直ると、ファニーは日曜日のミサでいとこのメアリーに会うたびにあの手この手でメアリーに接近しようと試みた。拒絶されても気にもせず、クリスマスにブローチやら前掛けを送った。そんな贈り物をもらったときの、マーグレットやメアリーの表情を見てみたかったものだ。こんなもの使わないわと言わんばかりに、残念なことに、贈り物はファニーに返された。それで、この問題はけりが付いた。

私は、メアリーと親しくなってから、彼女と母親との対面の様子を、本人に尋ねたことがある。ヤング・ジャックとマーティンが、追い出されてドアがぴしゃりと閉められた、あのときのことだ。「ええ」メアリーが口を開いた。「母さんはあたしをじっと見つめてこう言ったわ。『不細工な意気地なしに育ったもんだ。でも、体が丈夫で仕事ができそうだ。あたしに似ているよ。もっとも、鼻はあたしの方が品がいいけど』」。メアリーが続けた。「それであたしはくるりと後ろを向いて、お茶をいれるためにお湯を沸かしたってわけ」

マーグレットが修道院の墓に埋葬されると、すぐ隣の空きスペースを指さしてメアリーが言った。「どうなるかわからないけど、あたしもいつか、そこに埋葬されたいわ」。そう言っておきながら、メアリーは、ある早朝、村の人々が起きだす前に、急いで島から逃げ出した。だから、マーグレットの遺産が島に残ることはなかった。あまりにも多くの人間が自分の財産を横取りしようとしたこの島は「泥棒の島」だ、メアリーはそう決めつけ、ある朝、引き潮のとき、上着の下にしっかりとお金を抱いて逃げたのだ。島の郵便局を信用していなかったので、お金を預けることはしなかった。というのも、いとこのリジーがそこでベル婦人の手伝いをしているからだ。「神父さま宛ての手紙だけは、開いて読むことはしないそうよ」メアリーが言った。「それから、宛名の人たちに、内容を知らせてやるんだって。手紙が届くより先に知らせるってこと。そんなところにお金を預けてごらん、あたしがロンドンに行けるようになると思う？　北アイルランドのホワイトロックの郵便局で働いている、ある人を知っているんだけど、正直者でね。その人なら信用できる」

　こうして、マーグレットの遺産は、島を後にしたのだ。

神さまの敵

トム・オキーフが神に対する冒瀆《ぼうとく》を初めて口にしたのは、娘が亡くなったときだった。

「これが神の思し召しだなんて、言わないでください」自分を慰めようとする司祭に向かって、トムはそう言った。司祭は蒼ざめた顔をしている。「こんなのむしろ、悪魔の思し召しですよ。悪魔や神が、ほんとにいるならですがね。わたしからまずメアリーを、そして今度はあの子を奪うなんて、悪魔の仕業でしょう。あなたは妻や子どもを亡くしたこともなければ、これから亡くすこともない。何がわかるというのですか」

「トム、あなたに神のご加護がありますように」司祭はあまりに驚いて、両手を挙げて言った。「それに、神があなたを赦してくださいますように。苦しみのため、あなたはすっかりおかしくなってしまった」

聖パトリック[*1]がアイルランドの人々を偶像信仰から引き離して以来、神は存在しないと言ったり、神のくびきが重くて首が痛いと言ったりする者は、この教区ではトムが初めてだった。[*2]

＊1聖パトリック　五世紀頃に存在したアイルランドの守護聖人。アイルランドにキリスト教を広めた。
＊2神のくびき　『マタイによる福音書』（新約聖書）に「わたしは柔和で謙遜な者だから、わたしの軛《くびき》を負い、わたしに学びなさい。そうすれば、あなたがたは安らぎを得られる。わたしの軛は負いやすく、わたしの荷は軽いからである」（十一章二十九節〜三〇節）とある。キリストの軛は、キリストの弟子であることの象徴。

司祭の望みに反して、トムが絶望を乗り越えることはなかった。

子どもが亡くなった三日後、トムは小さな棺を担ぎ、まだ新しい墓に安置しようとしていた。若い妻のために一年前に作ったばかりの墓だ。棺は小さいが、血色の悪い顔には汗が流れている。まるで、世界中の重荷を背負っているようだ。

墓のそばで隣人たちが待っていた。娘の死に対するトムの反応があまりにもひどいことは、村で大きな噂になっている。それでも、隣人どうしで話し合っていると、トムが神を否定したことを、神が真に受けることはなかろう、でなければ、聞こえなかったふりをしてくれるだろう、というのが大方の見方だった。

「機嫌が悪い子どもみたいなもんだよ」ジャガイモ飢饉＊で七人の子どもを亡くしたジュディ・マローンが言った。「今は落ち込んでいるからね、偏屈になって恥知らずなことを言っている。でも元気になったら、あの人がこんな風だったことを誰も思い出しはしないさ」

＊ジャガイモ飢饉　一八四五年～四九年、アイルランドでジャガイモの不作が原因で起こった飢饉。百万人が餓死または病死し、二百万人以上が国外へ移住したといわれる。

トムが棺を墓穴に安置し、その上に土をかぶせていると、人々が近寄ってきた。外套を羽織って立ち去ろうとするトムに、ひとりの老人が近づいた。

「あなたに神のご加護がありますように」老人が言った。「男らしく、耐えてくだされ」

トムは、老人に険しい表情を向けた。

「神なんていやしないよ」トムが言った。「悪魔はいると思う。でも、神がいないことは確かだ」

それ以来、人々はトムを避けるようになった。けれどもトムは、気づいているのかいないのか、気に留める様子も見せない。やがて、干し草を刈る季節になると、トムはあちこちを放浪するようになった。そしてあるとき、鋤を地面に突き立てると、出稼ぎに行く刈り取り人夫たちと一緒にイギリスに渡ってしまった。

「正気を取り戻して帰って来るだろう」そのときでさえ、司祭は哀れなトムに対する優しさをまだ持ち続けていた。

トムは、帰って来ることもできた。けれども、収穫期が終わると、バリーグルアに帰る男たちと共に戻るのではなく、リバプールまで足を伸ばして港湾労働の仕事に就いた。

トムは、あの苦しみにまだ悩まされていた。ある日、通りで人々に向かって説教する男の声を聞いて、足を止めた。神など存在せず、人間が作り上げた神というものが、この世の喜びを破壊する圧力だと訴えている。男の話は、強い酒のようにトムの心に響いた。

だが実は、自分では気づいていないけれど、トムは心の中で神の存在を否定してはいなかった。「神など存在しない」と言い続けてはいたが、妻と子どもを奪った「強大な力」を憎んでいるだけだった。心の中で作り上げた「魔王」のような存在を非難し、それに対して憤慨し、破壊したいと盲目的な欲望を抱いているのだ。

トムはリバプールに一年いる間に、あらゆる集会場で名が知られるようになった。そのような場には、彼と同じように、神は存在しないと言い、神を憎む男たちがいた。

神を信じないことは、他の男にとってはたやすいことだったのかもしれない。しかし、トムにとっては、情欲を解き放つほどに難しかった。彼はもともと禁欲的な人間で、男たちの品のない不道徳なふるまいを目にするたびに嫌な気分になるのだ。

トムの顔は日に日に青白くなり、目つきが悪くなった。炎が体の内側から身を焦がしているように、いてもたってもいられず、やみくもに働いた。たしかに、トムの中で炎が燃えていた。それは、神への憎しみであり、神に対する復讐を求める、むなしい欲望の炎だった。

あるとき、トムはアイルランドに帰ることにした。バリーグルアの聖デクラン教会の墓地にある墓が、彼を呼んだのだ。狭くて薄暗い、リバプールの見慣れた通りに、急に嫌気が差した。地球上でただひとつ、アイルランドのあの小さな場所だけは、いつまでも自分のものだと思えた。そして、その場所が見たくてたまらなくなり、帰りたくなったのだ。彼が見たかったのは、故郷の物寂しい山や沼地ではなかった。恋しくてたまらなくなったのは、あの尊い墓だった。

雨の降る春の午後、トムは粗末な自宅のドアを開けた。家を空けたのは、ほんの一時間だけだったように、何気なく中に入った。中はかび臭く、茅葺《かやぶき》の屋根には穴が開いていて雨がしたたり落ちている。暖炉には、前の年に焚いた火の灰があった。窓から外を見ると、彼がしたままに、鋤が地面に突き立てられている。

「そろそろ種蒔《ま》きの時期になる。土を掘り起こさなくてはならないな」そうつぶやいて、外套を脱ぎ外へ出た。そして、土をひとかたまり掘り起こした。

あの人は、人生などもうどうなってもいいと思っている、村の人々にはそう思えた。けれどもトムにとっては、あの激しい憎しみを除いて、他のことはどうでもよかった。憎しみの気持ちに駆られ、トムは酒場へ出かけて行った。自分の憎しみを他の男たちの心に植え付けるのに格好の場だからだ。人は酒を飲むと、少々乱暴な話を聞いても動じなくなる。ほろ酔い気分でいつも聞いている話は、素面《しらふ》のときに聞いても驚かなくなるものだ。

村には、アメリカへ移住して、またアイルランドに帰ってきた者がふたりほどいる。彼らは、自分が見捨てた母国以上に、移住先で認められなかったため、帰国したのだ。彼らがトムの話に驚くことはなかった。皮肉な笑みを浮かべて彼の乱暴な話を聞き、誉めそやしたので、トムはますます過激になっていった。トムは、特に彼らに聞いてもらいたかったのではない。自分の話を信じる人間を求めていたのだ。でもこのふたりが、トムの期待に応えた。内気で、世間知らずで、村から出たことがないと思われたくない男たちに、トムの話を信じるようにけしかけたのだ。

司祭はできるかぎりのことをした。彼の神に対する愛は、トムの憎しみとおなじくらい現実的なものだった。けれども、司祭がどれほど力を尽くしても、トムの憎しみはしずまらない。トムという小さな病気の元は少しずつ大きくなり、村に影を広げていった。そのうち、トムの話を真に受けてはいない村人たちでさえ、神は存在しないと聞いて身震いすることはなくなった。

はじめのうち村人たちは、神の怒りが天からトムの上に落ちるだろうと考えた。けれども神は、聖パトリックが人々に信仰をやめさせた古い神々と同様、何のしるしも示さなかった。神は頃合いを見計らってトムに罰を与えるのだ、と言う者もいた。若者の中には、神に対するトムの反抗的な態度をもっともなことだと考える者もいた。というのも、神は、ご自身が正しいというしるしを示さなかったからだ。それで、トムの話を聞きに来る人々が少しずつ増えていった。様々な楽しいことが神の法で禁じられているのだから、神など存在しないと考える方が心地よいと思う者もいるのだ。

村人たちの間に広がりつつある忌まわしい悪が消滅するように、司祭は懸命に祈りを捧げた。彼は、トムの言うことに反論を唱え、言い負かすために、酒場に出かけて行ったり、鍛冶場で行われる議論に加わったりする人間ではない。でも、そうしていれば、「神を恐れない」と言う男たちのこだわりは、司祭の穏やかな表情の前で、雪のように溶けてなくなっただろう。ひょっとすると、司祭は言葉巧みにトムを言い負かし、迷える羊*の心を動かして、神のもとに連れ戻すことができたかもしれない。でも司祭は、そうしようとはしなかった。彼は争いを好む人間ではなかったからだ。神が役割を果たされ、民を救ってくださるよう、呼びかけることで満足していた。司祭は昼も夜も祈り続けた。事態を見守りつつ、断食をして極限状態になるまで祈り、亡霊のようにふらふらになった。

＊迷える羊　迷いの多い弱い人間を羊にたとえたもの。

そうするうちに、トムはあまり墓地へ行かなくなった。いずれ自分が入るであろう墓を確認したことで満足し、足を運ばなくなったのだ。自分がしていることを妻のメアリーが知ったら悲しむだろうと、わかってはいた。女にありがちだが、彼が妻と子どもを心から愛しているがゆえの行動だと、理解してはくれないだろう。トムは、天国など妄想にすぎないとばかにしていた。けれどもバリーグルア教会の墓のそばに立つと、気分が落ち着かなかった。妻はすべてお見通しで、彼の行為をやめさせようとしているのではないかと思えた。

トムはよく酒場へ行ってはいたが、酒は飲まなかった。彼は貧しい客にすぎなかった。

それでも、他の客も連れてきたので、がめつい店主は文句を言わなかった。

山の斜面にあるわずかな土地を耕し、種を植え続ける日々の間、トム・オキーフが正気を保っていられたのは、人々に考えを説いている時間があるからだった。まじめに働く暮らしは、昔から変わらない。メアリーが生きていた頃のようだ。茅葺屋根の穴をふさぎ、床を修繕し、泥炭を切り出してきて積み重ねる。その上で、山の新たな部分を、少しずつ耕していく。土地の開拓は、骨の折れる仕事だった。人間がするより家畜にさせるような作業だが、彼は自分でするのが好きだった。彼からすべてを奪ったのに、平然と沈黙し続ける神。その作業は、そんな神との闘いそのものだった。

トムが帰ってきて一年が過ぎた。彼の言葉に耳を傾ける者の数は増え続けていた。ある、いつもにも増して暗い夜のことだ。暗闇に星が点々と輝き、ときおり流れ星が、火のような長い尾を引いて天空を横切っては地上に落ちた。トムは酒場から出て、家へ向かっていた。

彼が行く道は真っ暗だった。立ち並ぶ木々がこずえを伸ばし、道の上を覆うようにしげっているからだ。はるか下の海から、波のため息が聞こえてくる。そのとき、少し先に火の玉ほどの大きさの光が見えた。

光は、彼に近づいてきた。すぐ近くまで来て止まると、彼の周りをぐるぐると回り始めた。彼には、空気がふわりと軽くなっていくように感じられた。やがて、光は何かを形作り始め、それは木のように見えた。そう、ちょうど司祭が説教で語っていた燃える柴*のようだ。

*燃える柴　『出エジプト記』（旧約聖書）に、神が燃える柴となってモーセの前に現れた、とある。柴は燃えているが、燃え尽きることがなかった。

その木の葉は、キラキラ輝いている。ヒイラギの葉のように表面につやがあるからだ。葉の先端には小さな明るく光る部分があって、光を放ってはいるが、燃えてはいない。木の枝の上に、霞《かすみ》のような明るいものが見えた。白く鮮やかに輝いていて、はじめ、そこに何があるのかトムにはわからなかった。

やがて、見えてきた。それは、二年以上前に彼自身が棺の中に寝かせ、その棺を墓の中に安置して土で覆った、娘のパッツィだった。パッツィは、彼を見ている。トムには、柔らかく無邪気な顔立ちが見えた。深い色の瞳、かわいらしい髪が首元でカールしている。小さなその姿は、ヒイラギに止まるコマドリのように愛らしい様子で、光り輝く枝の間に坐っている。

トムは道の真ん中で両膝をつき、光輝くその人影に向かって両手を差し出した。できることなら、会いたくてたまらなかった娘を木からおろし、胸に抱きしめたかった。しかし、目に見えない何かが彼を押しとどめた。まるで、鳥かごの中にいる小鳥を見ているようだ。すぐさま捕まえて抱き寄せたいと思う気持ちの中に、小鳥を狙う狼のような邪《よこしま》な心があった。

「パッツィ」トムはあえいだ。「おまえなんだね、パッツィ?」

「そう、あたしよ。父さん」かすかな声が答えた。トムには、天国でさえずる小鳥の声も、これほど心地よく聞こえはしないだろうと思えた。

「でもおまえのお墓はバリーグルアにある。父さんが埋葬したんだからな」トムが言った。

「体だけ葬ったの。魂はここにいるわ」

「あれからどこにいたんだい、パッツィ? それに、母さんはどこ? 一緒に来ていないのかい?」

「母さんは天国にいるわ。父さんのためにお祈りしているの。あたしは、母さんのもとへは行けない」

「おまえを天国へ行かせないのは誰だい、パッツィ？」トムはそう尋ねた。神という目に見えない敵を思い、手が震えた。

「神さまじゃないわ。父さん、あなたよ」

「おお、神よ！」トムは無意識のうちに、ついそんな苦悩の叫びをあげた。「どうやったらおまえをこの世から送り出すことができるんだ、パッツィ？　おまえを一時間でも天国に行かせてやれるなら、父さんは永遠に地獄に閉じ込められたっていい」

「父さん、周りを見て」

トム・オキーフは、自分の周りの暗がりをじっと見た。すると、光の輪の外側に、牙やかぎ爪、それに、苦痛にあえぐ目が無数に見える。無数の目が、トムを見つめている。パッツィと神の木が発する光が道の上に落ち、くっきりとした輪を描いているのだが、その中には悪霊がいない。

「悪霊が、だんだん迫ってきている」パッツィが言う。

「父さんの希望はもうすべて満たされたから、と悪霊は神さまに言い続けているわ。神さまは、あたしと母さんに免じて我慢をなさっているの。父さんの守護天使は、とうに天国へ帰ってしまった。あたしがいなくなったら、父さんは死んでしまうわ」

「ここにいてはいけない、パッツィ」トムが言った。「天国に行きたいのだろう?」

「父さんのためなの」父親の言葉に耳を貸さずにパッツィが言った。「あたしは天国に行ったことがないから、その素晴らしさも知らない。神さまがそうさせている。他の子どもたちは、天国で神さまやマリアさまのもとにいるのにね。あたしはまだこの世にいて、父さんを見守っている」

「父さんのためにこの世にいるというのかい、パッツィ?」父親が訪ねた。

「そうよ」娘が答えた。「天国には、数えきれないほどたくさんの子どもたちがいるの。今夜も、天使がキャンドルに火をともし、子どもたちは神さまを称える歌を歌っているわ」

娘の声に、天国へのあこがれがあるのを感じ、それがトムの胸をチクリと刺した。

「天国に行くことができなくて寂しくないかい、パッツィ?」

「寂しいわ。昼も夜も父さんを見守っていて、眠ることができないしね。でもそうしないと、父さんが悪霊に捕まってしまう。天国にいる他の子たちには羽毛のベッドがあって、眠くなったらいつでも眠ることができるの」

「いつから見守ってくれていたんだい、パッツィ?」

「父さんがあたしの体をお墓に埋めて、『神などいない』と言ったときから」

「おお、神よ！」トムは、またそう言ってしまった。「二年半も！　そんなに長い間、この世と天国との間に閉じ込められているなんて」

「これからもずっと、永遠に」パッツィが答えた。

「聞いておくれ、パッツィ。父さんのようなくたびれた老いぼれは、おまえに守ってもらう資格はない。父さんは苦しむことになっても構わない。天国の母さんのもとへ行っておくれ」

パッツィは微笑んだ。幼い子にしては、奇妙なほど思慮深い笑みだった。

「行ってもいいの、父さん？」

「いいんだよ。行きなさい、パッツィ。でも行く前に、できれば父さんにキスをしてくれないか。感触を忘れないようにしたいんだよ」

パッツィは木の上から身を乗り出して父親にキスをした。すると、トムの心の渇望は和らいだ。

「さあ、行きなさい、パッツィ。苦しみを受ける覚悟はできている」

「父さんが自分で自分を守るようになったら、あたしは解放される」

「どうすればいいんだ、パッツィ？　父さんはもう、許されないほどの罪を犯してしまっている」

「でもね、たくさん愛してきたじゃない」賢い娘は言った。「神さまは、愛することを赦してくださっている。それに、赦してくださいと頼めば、赦してくれるの。その道の上にひざまずいて、悔い改めて。十字を切って自分を祝福して」

トムは言われたとおりにした。

「ほら、周りを見て」パッツィが言った。

トム・オキーフは暗闇を覗き込んだ。相変わらず真っ暗ではあるが、たそがれどきに飛び交うコウモリのように、黒い翼の悪霊たちが恐怖におびえ、身を寄せ合って飛び去って行くのが見える。

そのとき、パッツィがいる木が宙に浮かび上がり、トムの前から移動し始めた。

「どこに行くのだい、パッツィ？」父親が思わず叫んだ。

「天国の母さんのもとへ行くわ。そこには神さまがいるの。神は愛なり」そう言うと、トムに向かって手を振り、炎が立ち上るように、天へと昇っていった。

冬の初め、まだ薄暗い朝の時間に、司祭はドアをノックする音に起こされた。

「だれか病気なのですか?」彼は窓から顔を出し、そう尋ねた。

「死ぬほど病んでいる人間です」声がそう答えた。

司祭は階下に降り、使いの者が来ていると思い込み、玄関のドアを開けた。すると驚くことに、トム・オキーフが転がり込み、彼の足元に倒れた。

「罪の赦しを与えてください」トムがあえいだ。「でなければ、私は罪を負ったまま死んでしまう」

司祭は罪人を優しく抱き起こし、居間に招き入れた。この迷える羊を神の前に連れ戻すことができ、とても嬉しそうだ。

トムが改宗したという知らせは広く知れ渡った。かねてから、彼の話を聞こうとする人々が大勢集まっていたのだが、これでさらに多くの人が集まるようになった。トムが超自然的な祝福を受けたというからである。けれども、トムが人々に話したいと思うことは、もう何もなかった。ただ、幼いパッツィが彼に遺した言葉を、何度も何度も繰り返すだけだった。「神は愛なり。神は愛なり」。この言葉を口にすると、トムの頬を涙が流れ落ちた。

トム・オキーフはその後、たいそう年を取って亡くなった。聖人のような人物という評判だった。あの真実の言葉を口にすることで、自分が神から引き離した人数よりずっと多くの罪人を、神の前に導いたのだった。そしてその言葉は、彼の最期の言葉となった。

その地方の人々は今でも、人が死んだり、耐えがたい苦痛があったりすると、老トム・オキーフ（安らかに眠られんことを）が言っていた言葉を口にするという。

神は愛なり。

迷子の天使

ウェアリングはけばけばしい遊園地の中をぶらついていた。ふと、小さな像が目に留まった。とたんに、みずみずしい緑にあふれ、小川が流れる場所へ入っていくような感覚を覚えた。

それは、黄色い大理石の小さな天使の像だった。輪郭は象牙のように滑らかなのだが、ところどころ欠けている。かなり古い物であることがわかる。いったいどうして、こんなものがここに流れ着いたのだろう？　安物のレプリカの石膏像や肖像画が、山と積まれて売られているこの場に？

ウェアリングは像を手に取った。すると、体の中で何かが湧き立ち、それが小さな炎のように彼を温めた。同時に憤りを感じ、それが彼の心を突き刺した。小さな天使の像は、丸みを帯びた頬も、耳からあごにかけての整ったうるわしい輪郭も、ミルドレッドそのものだった。彼が忘れようと誓った女性だ。男というものは、心の中から「良心」という忍耐強い天使を締め出すことがあるが、彼は、そんな風に心の中から彼女を締め出したのだ。

ウェアリングは像を見つめたまま、少しの間立ち尽くした。美しい彫刻だ。まるで、野に咲く可憐なユリを形にしたような顔だ。彼はそうつぶやいた。周囲は騒々しくて、ほこりっぽく、暑くて、けばけばしい。蒸気機関で動くメリーゴーラウンドのけたたましい音が聞こえる。彼がいる場所の反対側には「ヒョウ人間」の見世物小屋があり、人々が出たり入ったりしている。下品で猥雑な遊園地の中にあって、彼には、自分が手にしている純粋なものが、どういうわけか哀れに思えた。何もわからない無邪気な子どもを連れ出すように、この小さな天使を助け出さなくては、そう感じた。

「いくらだい？」彼は尋ねた。

屋台の男が、狡猾な目つきでウェアリングを見た。

「その小さな天使ですかい？　お目が高いですな。それがいい物だってこと、旦那もわかってらっしゃるでしょう」。男は、十五フランを要求した。

ウェアリングは天使の裏側を見た。繊細な翼の片方の羽根に、値札がついている。一フラン。それでも、彼はためらうことなく、男に十五フランを手渡した。この像には、もっとずっと値打ちがある、自分にそう言い聞かせる。もしこの金額の何倍もの値段を要求されたとしても、支払っただろう。

小さな天使は、彼の心を束縛するかのように、優しい手を彼の胸に添えた。

閑静な地区に立つ、古びて薄汚れたホテルまで歩きながら、ウェアリングは自嘲気味につぶやいた。どうしてこんな物を買ってしまったのだろう。ミルドレッドと別れてから、確かに僕は天使から見放されているな。

夜の通りは薄暗く、少し前まで降っていた雨のせいで石畳が光り、危険なほどつややかに見える。彼は手にしていた小さな天使を、子どもを暖かく包み込むようにしっかりと胸に抱いた。天使をぎゅっと握っていると、またもや温かく心地良い感覚がわき上がってくる。

どうしてだろう？　天使が、ミルドレッドのようにふっくらとした頬をしているからだろうか？　なんと愚かな！　彼女のことを考えるなんて、よくできたものだ！　彼女は、誠実で立派な人生を歩むのだろうし、僕は悪魔の元へ向かうのだ。実際にいま、全速力でそちらに向かっているではないか。激しい怒りがこみ上げてくる。

ふいに、彼は暗い通りで足を止めた。それがあまりに唐突だったので、居合わせた警官が物陰にさっと身を隠し、数秒の間、怪訝な目つきで彼を見ていた。彼は、子どもの手が心臓に押し付けられるのを、確かに感じた。その柔らかな手は、彼の心をしっかりと掴んでいる。逃れたくても逃れることができない。

そうしているうちに、ウェアリングの心が痛みはじめた。もし彼がこれほどにも愚かな人間でなければ、正直に告白していただろう。もし彼の人生に、ヘレンが美しくも不吉な影を落としていなければ、ミルドレッドは三年以上前に彼の妻になっていただろう。ミルドレッドと彼との間の子どもを、いま小さな天使を抱いているように、彼は胸に抱いていたかもしれない。

けれどもウェアリングは、自らを破滅に追い込んだ。それまで続いていた幸せを、自分自身の手で断ち切ってしまったのだ。手に入れることができなかった幸せ、つまり、ミルドレッドと共に歩むはずの人生のまぼろしが、彼の脳裏に浮かんだ。彼は、砂漠で水を求め続ける人間のようにあえいだ。善良で美しいあらゆるものに、別れを告げてしまったのだ。ヘレンはかつてのように彼を呼び戻して束縛しようとしている。そして彼は、彼女の元へ行こうとしている。罪の意識という足枷《あしかせ》は、信仰や良心、道徳というものが作り上げる束縛より外すのが難しいということを、彼は思い知った。

ウェアリングは、ホテル・ド・フランスの部屋でくたくたになってベッドに入った。あらゆる幻想が打ち砕かれたのを感じた。ヘレンへの情熱さえ、もう冷めている。ヘレンがなぜ自分を求めるのか、その理由がわかったからだ。彼女が裏切ってあざむいていた、単純で善良な夫が死んだからである。ヘレンは、ウェアリングを愛しているから求めるのではない。彼は自分に言い聞かせた。もし彼女に愛されているのなら、彼女を許すことができた。彼女はもう昔のように若くはない。彼女が彼を求めた理由は、毛嫌いしていた中年というものがいよいよ迫ってきて、世間体のよい、尊敬される婦人になるときだと悟ったからだ。彼女は常に世間体を気にする人間だ。ウォルヴァーコート屋敷のウェアリング夫人になれば、堂々と胸を張っていることができる。のちのちは、きちんとしたご婦人として、尊敬の的になるかもしれない。自分自身と彼女を嘲笑《あざわら》って、彼はそう思った。ヘレンの心は腐りきっている。心の中には燃え尽きた情熱の残骸しかないと知る者は、亡くなった夫以外にはいない。

ヘレンは、ふたりだけで結婚式を上げようとウェアリングを呼び寄せていた。彼女には、チャンスを逃す気はない。今すぐにでも結婚し、喪に服すべき期間が過ぎたら、結婚を公にすればいいと考えている。

ヘレンとの結婚を考えて心が躍るような時期は、とうに過ぎていた。それなのに、彼は昔のように、彼女の元へ行こうとしている。人生をだいなしにしてしまったのだから、先のことを考えても仕方がないとあきらめているのだ。結婚については、何も期待していない。もしヘレンが、僕より裕福で地位の高い男に結婚を申し込まれることになったら僕は解放されるのに。そのように願うだけだった。

ウェアリングは、若い頃に犯した愚かなあやまちや悪行の罪滅ぼしをするため、故郷に帰るつもりでいた。ヘレンをウォルヴァーコートの夫人とし、善良な女性と高潔な男性だけが君臨してきたその場所に、ヘレンを据えるつもりだった。父と母が坐っていたその場所に、ヘレンと自分が収まるのだと考え、彼はまた自嘲した。どうして自分は生まれてきてしまったのだろう？　こんなことになる前に、どうして死んでしまわなかったのだろう？

頭を枕に乗せたまま寝返りを打つと、閉じたまぶたの上にかすかな光が当たった。彼は目を開き、棚の方を見た。そこには、小さな天使が置いてある。その辺りが、確かに輝いている。月の光だな。窓のカーテンの隙間から、月明かりが差し込んでいるに違いない。彼は、顔に当たる光を感じたまま、眠りについた。光は、彼が見る夢をほんのりと明るく照らした。子どもだった頃の夢、母親やミルドレッドの夢、そんな穏やかな夢ばかりだ。この手の夢を見るのは久しぶりだった。

海峡を渡る船旅は、悪天候に見舞われた。ロンドンに到着すると、雨と暑さで蒸しかえるようだった。彼の帰りを待っている者など、誰もいない。会いに行くということを、ヘレンに手紙で知らせることさえしていないのだ。ヘレンの思い通りになるかもしれないが、それは不本意なことだ。会いたいふりさえしたくない。ヘレンが、彼の情熱をとうの昔に失わせていた。

彼は、空腹でもあった。けれども、食べる前に乾いた服に着替えなくてはならない。航海のあいだじゅう甲板に出ていたので服がずぶ濡れになっていたが、そのままの格好でずっと過ごしていた。

ウェアリングはアパートまで車を走らせ、中に入った。数か月間だれも足を踏み入れていないため、あらゆるものが埃で覆われている。暖炉の火格子には、冬に焚いた火の灰が残っている。薄暗い空からかすかな光が差しているが、窓ガラスが汚れているので、部屋の中にはほとんど入ってこない。部屋の様子があまりにも不快で、彼はみじめな気持ちになった。

乾いた服を取り出そうと、旅行鞄の荷を解いた。最初に出てきたのは、小さな天使だった。美しいシルクの布に包んでしまっておいたのだ。布は、各地を放浪するうちに買い込んだもののひとつだ。かつてのように、買うのが楽しくて買ったのではない。自分の人生はもう終わったと思っていたが、美しいものを目にして、買わずにはいられなかったのだ。

彼は天使の像を、シルクに包んだまま床に横たえた。次に取り出したのは、カミソリの入った箱だった。箱を脇においたとき、あることを思いついた。これまでもたくさんの人が、そうやって問題を解決してきたのだ。そうするのが、いちばん良い方法に思える。もっとも、カミソリを使ってするのではない。潔癖症の彼は、カミソリを使うことに抵抗がある。水に浸したハンカチで顔を覆ったり、丸薬を飲んだり、薬をグラスに数滴たらすのもいい。そうすれば、少なくともウォルヴァーコート屋敷は救われる。あの世の暗闇の中にある別の世界へ行けるのなら、自分が生まれ育った階級の、高潔で誇り高い男たちから蔑《さげす》まれるのを恐れたり、善良な女たちの目を怖がったりする必要もない。

すぐそこの角を曲がったところに薬局がある。顔見知りの店員がいるから、医師の処方箋がなくても欲しい物を与えてくれるだろう。

ウェアリングは服を着替え、外に出た。シルクに包まれたままの小さな天使のことはすっかり忘れている。角を曲がった店で小銭を出せば、いとも簡単に手に入る安楽死のことで、頭がいっぱいなのだ。彼がいなくなっても、寂しがる犬さえいない。ウォルヴァーコート屋敷は、いとこのレジーのものになる。子だくさんの牧師で、非の打ち所の無い男だ。レジーが継ぐことになれば、ウォルヴァーコートの名誉もけがされずに済む。ヘレンが気を悪くしたってかまうものか。自分の計画をだいなしにされたことに腹を立て、新しい恋人を探すだろう。

生命最大の謎への道を開くことになる物をコートの胸ポケットに無造作に入れたまま、彼は部屋に戻ってきた。ふと、足に小さな天使がぶつかった。部屋の中まで夕闇がせまり、暗がりが広がっている。まるで人間に足をぶつけたかのように罪の意識にさいなまれつつ、彼は天使を拾い上げた。そしてマントルピースの上の、半年前から置いたままになっているがらくたを動かすとスペースを空けた。それから、悲しげにじっと天使を見つめた。

すると、天使像が、また輝いているように見える。本当にかすかな光で、しかも揺らいでいるので、それが外の薄明かりなのか、それとも、いま点いたばかりの街灯の明かりなのか、よくわからない。天使の頬の輪郭が、きらきらしているように見える。まるでミルドレッドだ。いや、天使だ。祈りを捧げる子どもなのだ。もし自分の子どもが死んで天国にいるとしたら、こんな風かもしれない。

彼は片手で目を覆い、マントルピースにもたれ掛かった。小さな像を優しくなでると、中から善なるものが湧き出てくるような気がする。ゆっくりとおもむろに、この世界から自分を解放してくれるはずの物を、ポケットから取り出した。窓を開け、それを夜の闇へと投げつけた。これで、少なくとも、今までさらしてきた恥に、臆病者だという恥の上塗りをしないで済む。ウォルヴァーコートも名誉を回復することになるだろう。彼の子どもが後を継ぐことはない。やがてレジーの息子が後を継ぎ、何もかも元通り、評判の良い状態になる。

そうだ、ヘレンのところへ行かなくては。彼女はこの町にいるのだし、彼が訪ねて行くことを待っているに違いない。まだ寒気がするし、気分が悪かった。でも彼女のもとへ行けば、暖炉もあるし、灯りもついている。それに、ぜいたく品もある。それなのに、気が進まない。

小さな天使の目の前で、彼は椅子に腰を下ろし、冷え切った暖炉に目をやった。やがて力を奮い起こし、階下に降りてタクシーを呼び、クラージス通りまで運んでもらうことになるだろう。身体が震え熱くなってきた。頭がくらくらする。病気なのだろうか。このアパートにはしばらくのあいだ誰も住んでいなかった。ここで病気になって倒れたら、暗闇のドブネズミのように、ひとりぼっちで死ぬことになるかもしれない。彼が帰ってきたのを誰も見ていないのだ。今ここで死んだら、発見されるのは数か月後になるかもしれない。

そう考えると、汗が出てきた。体がほてり、のどがかわく。耳の中で、心臓が打つ音がする。夜の暗闇が、部屋の中に影を広げていく。死ぬのだとしても、暗闇の中は嫌だった。マッチがないかとポケットの中を探ったが、見つからない。マントルピースのがらくたの中を探すといろいろな物があったが、マッチだけがない。それなのに、どういうわけか部屋の中で確かに何かが輝いている。

ああ、天使の顔が輝いているのだ。もちろん妄想だ。彼に襲いかかってくる熱のせいだ。それでも気分が安らいだ。今は、小さな天使の顔がはっきりと見えた。それは、まぎれもなくミルドレッドの顔で、彼に微笑みかけている。

脳の中で鳴っていた音が言葉として現れたのは、数分後だったかもしれない。いや、一時間後、それとも二時間後だったかもしれない。

「ミルドレッドの元へ行きなさい！　ミルドレッドに会いに行くのです！」ウェアリングにはその言葉がはっきりと聞こえた。小さな子どもの声のようだった。

彼はどうにかして立ち上がった。頭がふらふらする。両脇の手すりにつかまって階段を下りた。タクシーの運転手に、かつて愛した女《ひと》の住所を告げる自分の声を聞きながら、まるで他人の声を聞いている気分になっていた。

そのとき、ミルドレッド・チェシャムは自分の部屋にいた。善良な女性だということがひと目でわかる部屋だ。そして、その男《ひと》の名前が告げられるのを聞いた。彼女は、この上なく愛らしい笑顔で彼を迎えた。小さな天使の笑顔だった。ミルドレッドが両手を差し出した。彼女の手を取ろうとして、ウェアリングはつまずいた。「ああ!」彼女が声を上げた。「具合が悪いのね」。母親のような慈悲の心に満ちた声だった。彼が求めていた蜃気楼の水は、彼女の心の中にあった。ついに、彼は見つけたのだ。

……………………

一年後、ウェアリングとミルドレッドは、のんびりと新婚旅行を楽しんでいた。ウェアリングが病気から回復するとすぐ、ふたりは結婚した。夏のある日の午後、ふたりは北フランスの漁村にいた。オムレツと鶏肉、みずみずしい果物や白ワイン、それにコーヒーという優雅でおいしい食事の後、手をつないで砂丘の上をぶらぶらと散歩していた。今でも恋人同士のように仲が良かった。

トウモロコシ畑と砂丘を歩いて、海風が吹く場所に立つ小さな聖堂の前に出た。ふたりはちょうど、あの小さな天使について話していた。ウェアリングは天使像をどこにでも連れて行き、この旅行にも連れて来ていた。そして、ふたりを見守ってくれるようにと、部屋に置いていた。ウォルヴァーコート屋敷に帰ったら、天使のために祠《ほこら》を建てよう、ウェアリングがそう言った。小さな天使はふたりを引き合わせてくれたのだ。もしかしたら、より大きな喜びをもたらしてくれるかもしれない。

天使像が輝いているのを見たとウェアリングが話すと、ミルドレッドは言った。こんなに美しいんですもの、きっと奇跡を起こすのよ。本当のことをいうと、幻影が見えるなんて、この人は病気かもしれない、そう思っていた。けれども、天使像はミルドレッドにとっても特別な存在になっていた。ひょっとすると彼女は、この天使のような子どもを授かる予感がしていたのかもしれない。

ウェアリングは祠を建てる計画を、思いつくままにしゃべっていた。ふたりは、小さな聖堂の敷居をまたいで、青と白のタイルが敷かれた床に足を踏み入れた。信徒の人々が祈禱台として使う椅子は中に入りきらないようで、外に置いてある。中は狭く、装飾をほどこした小さな祭壇があり、そこに造花が飾られている。司祭が祭服に着替えるとき後ろに入るためのカーテン、それに椅子が十数脚ある。

　聖堂の中に、西日がいっぱいに差し込んできた。あたりを見まわしたふたりは、あっと驚きの声を上げた。脇の壁の前にも小さな祭壇があり、ろうそく立てが並んでいて、その前に、あの小さな天使像の写真が飾られていたからだ。間違いない。優しい小さな顔、祈りを捧げる手、それに翼……欠けたところのある翼が、そっくり同じ様子で写っている。

　驚いて眺めていると、くるくるした巻き毛あたままで、いかにも人の好さそうな、小柄な司祭が入ってきた。村の通りで出会い、挨拶を交わした司祭だ。後ろには、侍者の少年がふたりいる。村から人々がやって来て、聖堂の外の椅子に腰かけた。

　ウェアリングは司祭を振り返り、写真を指して尋ねた。「この小さな天使は、神父さま？　見たことがあるのですが」

「ああ」彼は、いかにも司祭らしい様子で応えた。「あなたは、この小さな天使を見たことがあるのですか。これは、海の底から浜辺に打ち上げられた、奇跡の像なのですよ。病人やけが人を治し、たくさんの恩恵をもたらしてくれました。村の守護天使だったのです。それが五年前の、守護の天使の記念日を祝う週に泥棒が入り、いろいろなものが盗まれました。小さな天使も、他の物といっしょに盗まれてしまったのです。それからは、悪いことが続いています。海は嵐ばかりです。小さな天使がいなくなって、村人はみな悲しんでいるのです。天使がここにあった間は、たくさんの恵みを授けてくれていましたから」

「もし、その天使が戻ってきたとしたらどうでしょう！」天使が戻って来れば、村人たちがどんなに喜ぶだろうと思うと、ウェアリングの胸は高鳴った。

「ああそれが、神の思し召しならどんなにいいか！」司祭は肩をすくめ、両手を広げた。彼は、奇跡が起こるなどとは、まったく思っていなかったのだ。


……………………


こうしてついに、小さな天使はトウモロコシ畑と海に近い砂丘の間に立つ、自分の場所に戻った。天使はその場所で、今もなお、慈悲深い奇跡を次々と起こしている。天使がいなくなり、ウォルヴァーコート屋敷は寂しくなった。ウェアリングは、イタリア産の黄色い大理石で小さな天使のレプリカを作らせ、レプリカのための祠を作った。本物のためにと作ろうとした祠だった。でもそれは、同じことではない。生きている本物の子どもと、死んだ子どもの写真との違いのようなものだ。

それでも結局、天使はウェアリングに素晴らしい奇跡を起こしたのだった。それからは毎年、地域の子どもたちが小さな天使の祠を訪れては祈りを捧げるようになったからだ。

聖人の厚意

子どもの頃、私は修道院に住んでいました。愛する両親が、私をインドから故郷のシスターの元へ送ったのです。母の同級生のシスターがいる修道院でした。私はそこで幸せに暮らしていました。でも、修道院で楽しく暮らす大勢の子どもたちのうち、私ほど外の世界との縁が薄い子どもはいませんでした。

大好きな父と母が亡くなり、私は、広い世界にひとり残されました。父のおばであるサラおばさんが、たったひとりの親戚でした。子ども心に、その老婦人が怖かったことを覚えています。派手な色の服をまとい、白髪を振り乱し、大声を出し、鋭い口調で話すのです。私は院長のマーガレット先生の修道服の後ろに隠れ、すすり泣いていたのでした。

それが、サラおばさんが私を訪ねて修道院にやって来たときの記憶です。一度きりの訪問でした。おばさんは、母がしたことに大変腹を立てていました。私を、修道院ではなく彼女の元へ送るべきだったと考えていたのです。というのも、彼女はシスターもカトリックの信仰も好きではなかったからです。修道院での暮らしが私の信仰に影響を与えることはない、そうマーガレット先生が請け合っても、おばさんは信じようとしませんでした。両親がいないという理由で、私がシスターたちから特にかわいがられ、修道院の子どものようだということが気に入らないのでした。シスターが行っていた習慣を、私が自分の信仰に取り入れたとしても、それは彼女らのせいではありません。シスターたちを深く愛していたことを考えれば、私がカトリック教徒にならなかったのが不思議なくらいです。

それも、すべて過去のことです。修道院での平穏な長い年月が、柔らかな光に照らし出されるように思い出されます。シスターたちの顔が、いくつもの聖体ランプ[*1]のように優しく輝いています。強い風が吹き抜ける庭があり、その中心には、亡くなったシスターたちのお墓がありました。私たちはその庭でよく遊んでいました。お墓があるとはいえ、大声を出さないように気をつけたり、心の底からの笑いをこらえたりすることはありませんでした。私たち少女にとって「メメント・モリ（死を忘れるな）」とは、老人への戒めの言葉でしかなかったのです。日当たりのよい大きな教室での授業や講義、食堂でいただく食事。食事のあいだ、『聖人列伝[*2]』が朗読され、私たちは静かに耳を傾けました。そして、読み手の話が途切れたとたん、みんな一斉におしゃべりを始めたものです。私たち少女の、シスターに対する敬愛、同級生との友情。夜、静かな寮で眠るときには、天使像の前に置かれたランプが、夜空の星のように私たちを見守ってくれました。

＊1聖体ランプ　カトリック教会で、聖体（パンと葡萄酒で象徴したキリストの体と血）が置かれた場所に灯されるランプ。
＊2『聖人列伝』　イギリスのカトリック司祭アルマン・バトラーが執筆し、一七五六年〜五九年に出版された、全四巻からなる書籍。

サラおばさんの家は広くて殺風景で、道に面した壁はのっぺりとしていて、その壁には窓がひとつあるだけです。私がその部屋を割り当てられたのですが、それは、おばさんが良い部屋を譲ってくれたからではありません。窓から見えるのが、広大な荒れ地と沼地だけだからです。木が見えたらいいと思うのですが、木など一本もありません。沼地の近くで数頭の牛が草を食んでいます。ときおり、日に焼けた牛飼いの少年が、牛を追っているのが見えます。それでも、美しい空が真珠貝のような光彩の雲と溶け合っているその向こうには、ちらりと海が見えました。海風が吹いてくると、さわやかな海の香りがし、長く続く砂浜の単調な調べが聞こえてきます。

私はその方角を見るのが好きでした。そこには、外の世界へ続く道があったからです。

それは思い出すだけで涙がにじむ、陽気で穏やかな暮らしを送っていた、修道院へ帰る道なのです。

おばさんの家の壁に沿って曲がる小道がありました。人が通ることはほとんどありません。牛追いの少年がいたり、ときおり小作人が通ったりするくらいで、一度だけ、農夫が二輪馬車で通ったのを見たことがありました。行きつくところは沼地とおばさんの家だけという、まったく楽しくない小道です。通りから分かれて円を描いているだけの道だったのです。この家は、大きな町から三十マイルも離れていました。

この家に住んでいるのは年寄りだけです。サラおばさん、それに話し相手のミス・マドックス。小さな目をした赤ら顔のこの女性と、はじめのうち、友達になれるかもしれないと思っていました。でも後になって、そうでもないと気づきました。私の信頼を得て、ふたりでおばさんに反抗しようともくろんでいるようなのです。気の毒なこの女性は、おばさんの親戚である私に嫉妬しているのでした。見方によっては、おばさんを深く慕っているとも考えられます。だから、彼女を許してやります。

それに犬のフェアリーがいます。たいそう歳をとった老犬で、目が見えなくて、いつもバスケットの中に入っています。そして、サラおばさん以外の者の手が触れると、哀れな鳴き声を上げるのです。また、猫のピーターもいます。この猫は、事故のため毛皮の半分が焼かれてなくなっていました。そして、常に機嫌が悪い使用人の老婆がふたりいます。それに、下男のマシューもいます。私が庭の花を一本でも摘もうものなら、すぐさまおばさんに言いつけるような人間です。

みんな寂しい人たちでした。日曜日には、マシューが走らせる馬車に乗り、みんなで教会へ出かけます。マシューが着ている上着は三サイズも大きい上に、背中の真鍮のボタンがひとつ取れています。かび臭い馬車でした。教会には、やつれて疲れた顔の人たちが集まって来ます。気の毒なことに牧師は背むしの男で、何か深刻な問題を抱えているようでした。明らかに、そのことが彼の物の見方に良からぬ影を落としているのです。彼は、攻撃的で不愉快な考え方をする人間でした。この牧師が神の愛について語るのを聞いたことがありません。常に絶望しているようで、小柄な体をよじり顔をしかめて、神の怒りについて説教するのでした。

牧師が私たちの家を訪問したことがありました。家の外壁をつるバラでいっぱいにするという馬鹿げたことを私が計画していると、おばさんは牧師に告げました。すると彼は私に、貪欲になってはならないと命じました。そして、この近くには豚小屋のような家が何軒もあり、そこでは汚らしい格好の子どもたちが衰弱している、というのです。牧師によれば、人間は最も嫌なものに耐え、苦痛を与えられるのが良いことなのでした。

私がカトリックの修道院に住んでいたことが、牧師は気に入らないようでした。ときおり、まるでヘスの娘[*1]を見るような眼差しで私を見ていました。また、曇った小さな目で私をにらみつけ、「大淫婦バビロン」[*2]が行った忌まわしい行為について、私に向かって満足げに説教しました。

＊1ヘスの娘　一八七一年にスコットランドの作家ウィリアム・ブラックが著した小説。孤児コケットは叔父の家で暮らすことになるが、厳格な叔父の家族に反抗的な態度を示す。自由奔放な貴族アールスホープ卿に惹かれ、彼の愛を受け入れるが、のちに卿が既婚者であることがわかり、ふたりは別れる。コケットといとこのトムの結婚が決まった矢先、アールスホープ卿が現れる。コケットは卿と駆け落ちすることを選ぶが……。

＊2大淫婦バビロン　新約聖書の『ヨハネの黙示録』に登場する象徴の一つ。「誤った宗教」とそれに同意する人々を指す、とする解釈がある。

冬の冷たい光が差し込む殺風景な部屋で、私は硬い椅子に腰かけていました。花柄のシルクのスカーフを肩に巻き、手袋をした両手を膝の間に挟んで、シルクのワンピースを着て、白いストッキングに茶色い靴を履いた足を行儀よくそろえていました。

部屋にはピアノがあり、ひだを寄せた赤い絹の布が掛けられていました。その上には、天井から飾り燭台がぶら下がっていて、その燭台に自分の姿が映っているのが見えました。巻き毛が両方の頬の前で揺れ、額の前にも小さな巻き毛が下がっています。大人は三人とも部屋の向こうの隅に行ってしまい、私だけがその場に残されていました。だから、そうするようにあらかじめ決められていたのだと思います。サラおばさんの後ろ姿が飾り燭台に映っていました。その姿はゆがんでいて、顔が床につくほど体が前に傾いていました。

実は、バーネット牧師が説教をしている間、私は修道院でよく遊んでいた場所に思いを馳せていました。でなければ、退屈なその場から逃れようと、いろんな場所を想像していたのです。

サラおばさんのメイドのヘプジバは、きっと恋愛関係で苦い経験があったのでしょう。とても意地悪でした。ある日、驚くことがありました。私は鏡の前に腰掛け、自分の顔を見つめていました。修道院から出て以来、退屈な日々を何か月も過ごしていたので、顔つきが変わってきていないかと思ったのです。ヘプジバはひねくれた笑みを浮かべつつ、こう言ったのでした。「あなたの器量が良くても悪くても、どちらでも同じことよね。どのみちあなたに会いに来る殿方はいないんですもの」。私は憤慨し、威厳をもって言い返そうとしましたが、言葉を口にする前に、彼女はさっといなくなってしまいました。サラおばさんに文句を言おうとしても無駄でした。この家では、ヘプジバの方が私などよりずっと必要な人間だ、おばさんにそう言われるに違いないからです。

数か月が過ぎるころ、とりたてて何も悪いことをしていないのに、私はおばさんにだんだん嫌われていくように感じていました。毎日説教され、私のために神さまに祈りがささげられます。この家の住人で、私に非難がましい視線を向けない者はひとりもいません。あるとき、慰めを求めて犬のフェアリーに近づきました。すると、フェアリーさえも、クンクン鳴きぶるぶる震え出したのです。もしや死んでしまうのではと思い、急いで自室に戻りました。私のせいでフェアリーが死んだら、おばさんは私を人殺しだと決めつけることがわかっていたからです。

女の子とはどのように育てられるべきか、おばさんは独自の考えを持っていました。私はスパルタ式の質素な生活を送り、贅沢品を持ったり、快適に過ごしたりすることは、いっさい許されませんでした。薄い布団で眠り、洗濯は冷たい水でしなくてはなりません。水の上に張った氷を割ってから洗い物をすることもありました。暖房のない部屋で、じっと坐っていなくてはなりませんでした。

でも、いちばん嘆かわしいことは、おばさんが私の一日の行動をすべて決めてしまうことでした。私は、毛織物の服をたくさん作るように指示されていました。貧しい人々に与えるためのものです。色も形も最悪で、手触りも不快な代物です。サラおばさんの、愛情のない慈善行為には、思わず何度も冷笑してしまいました。修道院でもクリスマスに生まれた赤ん坊のために小さな服を作っていましたが、質の良い毛織物だったり、リネンだったりしたことを思い出します。贈る相手は赤ん坊なのだからと考えると、少々洗練しすぎた贈り物だったかもしれません。それでも、赤ん坊が象徴する存在が誰なのかを考えれば、立派すぎることなどありませんでした。

服を作っていると手紙を書く時間がなくなり（サラおばさんは私が手紙を書くことを極度に嫌っていました）、私の唯一の運動だった、うら寂しい庭を歩くという行為もできなくなりました。

でも、考えることだけは、禁じられませんでした。だから、醜いぶざまな服を作る間、私はいろいろ考え事をしました。

ときおり、修道院のシスターや、当時の友人から手紙が届くことがありました。サラおばさんが、眉間にしわを寄せ、しかめ面で私宛ての手紙を見るので、おばさんが、私に手紙を渡さないようにしなかったのが不思議に思えるほどでした。でもある日、おばさんとミス・マドックスとの会話の断片を耳にしました。私宛ての手紙に目を通し、私に渡さないようにするのがいいとミス・マドックスがおばさんに進言していたのです。おばさんは断りました。そんなことがあって、おばさんの周りの人たちの悪意や敵意さえなければ、サラおばさんと私は共に幸せに暮らすことができるかもしれない、そう思うようになったのです。

この状態から救出されるよう祈るのです、私の頭にそう吹き込んだのは、ルイーズ・デュヴルネでした。

「あなたも、よくわかっているわよね。おちびさん」彼女は手紙にそう書いてきました。

「私は、結婚相手を誰にも紹介してもらえず、大変嘆いていました。だって、もう十八ですもの、オールドミスへの道をたどることに決まったのだわ、と思ったの。だからあの、聖ヨセフ*に祈ったのです。聖ヨセフの前で九日間の祈りを捧げました。すると、お祈りがまだ終わらないうちに、なんと、婚約者が現れたの。黒髪がカールしていて、とても愛らしい黒い口髭をたくわえていて、ハンサムで裕福で礼儀正しくて情熱的な人です。今のところ、ふたりきりで話すのは、他の人がいるところだけですが……　彼は私に目で語りかけてくるの。本当に嬉しい。結婚したらすぐ、聖ヨセフに捧げる銀の像を作ろうと思っています」

＊聖ヨセフ　ヨセフはイエス・キリストの母マリアの夫。「九日間の祈り」は、特別な願いを聞き入れてもらうため、聖人などの特定の崇拝対象に九日間連続して祈る行い。

こんな話を聞いて、サラおばさんは何というでしょう？　窓枠の裏に隙間があることに前から気づいていたので、手紙はそこに隠しました。サラおばさんがこの手紙を読まなかったことは少々意外でしたが、その寛大な心に感謝しました。

それから椅子に上がってつま先立ちになり、秘密の隠し場所に手を伸ばすと、あるものを求めて指で探りました。そうしていると、何か恥ずべきことをしているのではないかという気持ちになり、頬が熱くなってきます。欲しいものが手に触れると、それを手にして床に降り、立ったままじっと見つめ、しばしためらっていました。

それは、修道院を出るときにマザー・マーガレットからもらった小さな聖ヨセフの像でした。サラおばさんに軽蔑されたり怒られたりしないよう、服の間にこっそりと忍ばせて、目につかないように隠しておいたのです。安っぽい石膏の像で、金箔がおおざっぱに塗られています。それでもじっと見つめていると、何ともいえない温かさに引き込まれるのです。たぶん、柔らかな顔の輪郭を見ていると、そう感じるのでしょう。

善良な聖ヨセフは、幸せな結婚生活を送る人々の守護聖人だったのではないでしょうか？　床に両膝をついて像を目の前に掲げ持ち、私は聖ヨセフに祈りました。どうか、救世主をお送りください。私を愛し、この冷酷な場所から私を救い出してくれる、優しい夫をお送りください。他の多くの若い女性と同様、私もそんな夢を抱いていました。孤独だったからこそ、より強く夢を求めていたのかもしれません。夢の中のヒーローが私を救い出してくれることを想像すると、頬が熱くなり、胸がドキドキしました。「親愛なる聖人さま」私は祈りました。「ハンサムで親切な若い男性をお送りください。そうすれば、銀であなたの像を作ります」

おばさんの足音がドアに迫って来るのが聞こえ、ドアが開く前にかろうじて像を隠すことができました。私はおばさんにきつく叱られました。というのも、服を縫う作業がまったく進んでいなかったので、仕事を怠けていたことに気づかれてしまったからでした。「これからは、私かミス・マドックスかへプジバが見ているところで縫いなさい」おばさんはそう命じました。私は震えあがり、わっと泣き出してしまいました。そして、悔い改めることを約束したのです。サラおばさんは私をじっと見つめてから、くるりと背を向けて出て行きました。そのとき、奇妙なことが起こりました。紫色のリボンの付いたキャップの下で、波打つ白髪頭のおばさんの表情が、ふと優しくなったように見えたのです。

それでも、月日がたつにつれて、私に対するおばさんの態度が優しくなったわけではありませんでした。だから、あれは勘違いだったのでしょう。私は、「九日間の祈り」が終わるまで聖ヨセフに祈り続けました。実際、聖ヨセフには大いに期待していました。修道院では、奇跡とは日常的に起こるものだと、みんな一途に信じていたからです。親切な聖人がルイーズの祈りを聞き入れてくれたのなら、たとえ私が異教徒だとしても、気にかけてくれるはずです。私は修道院で育ったのですし、ましてやそこは聖ヨセフ修道院という名だったのです。なおのこと心を砕いてくれるでしょう。

「九日間の祈り」を終え、希望に満ちた日々を過ごしていたある日、私は応接間に呼び出されました。そこには、バーネット氏とミス・マドックス、それにサラおばさんが坐っていました。私が入っていくと、ミス・マドックスが憎しみを込めた目で私をにらんだので、いったい私はどんな失敗をしてしまったのだろうと考えました。ところが、妙なことに、サラおばさんは満足げな表情で私を見ているのです。

でも、何よりも奇妙に思えたのは、その小柄なバーネット氏の態度でした。顔を真っ赤にして困惑した様子でしたが、口元には笑みをたたえ、おおいに満足しているようなのです。この人が嘆き悲しんでいたとしても、私の目にはこれほど不快には映らなかったでしょう。

サラおばさんは私を、飾り燭台の前にある椅子に坐るよう、身振りで示しました。部屋の中はしんと静まり返っています。そのとき気づいたのですが、ミス・マドックスが泣いていました。この人は、私に優しくしてくれたことはありませんでした。でも若さゆえの傲慢さで、私はそのとき彼女を気の毒だと思ったのです。本当は、若さとは自慢するようなことではありません。あんな傲慢な気持ちになったことを、後悔しています。

「クラリッサ」おばさんが口を開きました。「あなたが、思いがけない素晴らしい名誉にあずかることになったと伝えなくてはなりません。正直なところ、あなたがこれほどにも恵まれるとは思ってもいなかったわ。だって、これまであなたが態度で示してきたように、あなたって浅はかで偏屈で、この素晴らしい家の調和を乱す存在ですからね。でもね、それがあなたのせいでないことはわかっています。不幸な環境で育ったのだから、仕方がないのだわ。だから、すべて水に流しましょう。これから、あなたをある人の手にゆだねようと思っているの。その方は、わたくしよりずっと上手にあなたを扱ってくださるし、欠点も直してくださるはずです」

おばさんは、もったいぶるように言葉を止めました。私は驚いて彼女の顔を見つめていました。この不愉快な監禁状態から救出され、別の場所に行かせてもらうことができるのでしょうか？　わざとらしい微笑みをたたえたバーネット氏の顔、おばさんの満足げな表情、ミス・マドックスが唇の震えを抑えようとしている気の毒な姿を、私はまじまじと見つめました。それでもまだ、私には意味が理解できていませんでした。しかしついに、恐ろしい事実が私に告げられたのです。

「バーネットさんがね、あなたと結婚してくださるというのよ」サラおばさんが言いました。

おばさんは、そのほかにも何か言ったようですが、私には聞こえていませんでした。私は、がたんと音を立てて椅子から立ち上がりました。感情が爆発し、涙が流れていました。

「よくもまあ、そんなことを！　ああ、そんなことを！」声を詰まらせながら、私は叫んでいました。「こんな年寄りと結婚するなんて！　死んだ方がましよ」

おばさんの顔が怒りで真っ白になりました。私の求婚者の顔には血がのぼり真っ赤になりましたが、それもすぐにおさまり、今度は鋼のように灰色で悪意に満ちた顔になりました。ミス・マドックスだけが、信じられないという表情で私を見ています。まるで、自分が絞首台から解放されたかのような表情をしているのです。

私は冷静さを失い、応接間を飛び出して二階へ駆けあがりました。自分の部屋に入ると、ドアが開かないように、しっかりとかんぬきを掛けました。そうして少し気持ちを落ち着けて、追いかけてくる足音があるか聞き耳を立てましたが、何も聞こえません。

私は、秘密の場所から聖ヨセフ像を取り出し、激しく非難しました。

「この裏切者！」私は続けました。「私の祈りにそうやって応えるわけね？　世にもひどいあんな夫をよこすなんて。あんたなんか見たくもない。あっちへ行って！」

そう言って私は、開いていた窓から聖人像を投げ捨ててしまったのです。下は固い路面のはずです。

そのとたん、恐ろしいことが起こりました。鋭い叫び声が聞こえたのです。急いで窓辺へ駆け寄り、外を見ました。下には男性がいました。額に像が当たってけがをしたらしく、その傷口からどくどくと流れ出る血を止めようとしています。顔中が血だらけでした。目に血が入って見えなくなっているようです。聖像はこなごなに砕けて道に散らばり、道の上にある割れた貝殻や海の砂とほとんど見分けがつかなくなっています。

恐怖におののいて目を凝らして見ていると、家を出ようとしたバーネット氏が、その人を助けに駆け寄るのが見えました。バーネット氏に見られたくなかった私は、急いで顔を引っ込めました。サラおばさんとヘプジバの声が聞こえ、けがをした男性をみんなで家の中へ運んでいくのがわかりました。階下は騒然とし、ドアが閉まる音がしたようですが、自分の心臓の鼓動が耳に響いていたので何の音なのかよくわかりませんでした。今まで、こんなに怖い思いをしたことはありません。しばらくすると、馬が遠ざかっていく音が聞こえ、マシューが年老いた馬車馬に乗って出て行くのが見えました。医者を呼びに行ったのでしょう。

その日はずっと得体のしれない何かが怖くて、どうやって乗り切ったのか思い出せません。でも午後になると、私の部屋のドアを優しくノックする音がしました。胸をドキドキさせながらドアを開けると、ミス・マドックスが立っていました。その表情には敵意は現れていませんでした。

「階下にきていいわよ、クラリッサ」彼女が言いました。「おばさんは、あなたのひどいふるまいを忘れてくださったわ。家の前でね、どういうわけか、けがをした男性がいて、その人に付き添っているの。あなた、お腹がすいたんじゃない？」

それで、私のもっとひどいふるまいは、誰にも知られていないことがわかりました。もしかしたら、永久に知られずに済むのかもしれません。というのも、そのとき大雨が降り出し、聖像の破片が流されていったからです。私はミス・マドックスの後について、静かに歩いて食堂に入りました。彼女が私のために食べ物を用意してくれていました。心は大変動揺しているというのに、私はがつがつと食べたのでした。

私たちが食堂にいると、おばさんが入ってきました。今までにない、優しい眼差しをこちらに向けたので、私は戸惑いを隠せませんでした。

「あの人は、眠っているわ」彼女が口を開きました。「クラッブ先生はね、化膿しなければ傷は良くなるとおっしゃっている。危ないところだったのよ。もう少しで、目に当たっていたから」

この家の中のもめごとは、私たちが女だけであったことが原因ではないか、私はそれ以来、そう考えるようになりました。おそらく、それが原因だったのです。

おばさんは常に、けがをしたその人の部屋にいるようになりました。私が勇気を振り絞ってドアを開け、その人の具合を尋ねると、おばさんがこちらを見ました。その眼差しからは、かつてのように厳しく非難するような色がすっかり消えていました。

「入っていらっしゃい」おばさんは言いました。「眠っているから」

私たちふたりは立ったまま、枕の上に預けた、黒髪の若者の顔を見ました。その人の髪は、少しウェーブがかかっています。これほど短髪にしていなければ、おそらく巻き毛になっているでしょう。包帯がその人の見た目を損なっているのですが、その下にある顔は、ハンサムだということがすぐにわかります。彼を見つめると苦しくなり、心の奥底から何とも言えない気持ちになりました。その人の頬は、ほんの少し赤みを帯びていました。小さな黒い口ひげをたくわえていましたが、それでも、口元の美しさは損なわれていません。私がこの人の目を不自由にし、苦しめているのだと思うと……

「トーレス・ベドラス*で戦死した息子のウィリーと、まるで双子のようにそっくりなの」

震える声でサラおばさんが言いました。

＊トーレス・ベドラス　ポルトガルの首都リスボンの北に位置する地域。スペイン独立戦争（一八〇八〜一四年）では、フランス軍の侵入を防ぐために極秘で要塞が建設された。

その後クラップ先生が来て、私は部屋から出されたのですが、先生がサラおばさんに言っているのが聞こえました。「傷のため熱が出てきた。看護を手伝ってくれる女性を雇った方がいい」。すると、サラおばさんは、妙な返答をしたのです。

「ヘプジバがやりますわ。彼女は息子のウィリーの看病もしてくれたことがありますの。

息子が亡くなってからというもの、ヘプジバも私も、ずっと寂しい思いをしてきたのです」

先生はその言葉を、とりたてて奇妙だと感じなかったのかもしれません。サラおばさんとは長い付き合いですから。

ある日、バーネット氏がやって来て、サラおばさんと言い争いになりました。おばさんがその若者を献身的に看護して、病院に行かせることもなく、友人に託すこともしないからでした。腹を立てたバーネット氏が帰ろうと家を出たとき、ミス・マドックスが応接間から出てきて、もう一度家に戻るよう説き伏せました。そして、温かい紅茶とバターを塗ったトーストでもてなしました。バーネット氏をなだめるには、それしか方法がないようでした。

それ以来、サラおばさんは別人のように人が変わり、私は大いに心を打たれたのでした。私はそのけが人の部屋に頻繁に出入りしました。傷口が化膿してその人が死ぬかもしれないと思ったとき、私は地球上でいちばんひどい人間なのだと感じました。その後、快方に向かうと、彼が眠っているあいだ、おばさんは私に、あの戦争で立派に戦死した自分の息子のことを話してくれました。この見知らぬ若者が、おばさんの息子と同じ高貴な職業に就いていると知ったのは、その頃です。

　自分がしたことを白状しなくてはならない、私はずっとそう思っていました。なんとかして、勇気を振り絞って告白しなくてはなりません。ただ、どうして私が、あの気の毒な聖像に腹を立てたのか打ち明けることだけは、耐えられそうにありません。

　ついに傷が治り、危険が遠のいてしまうと、私はヒューゴ・エリントン大尉（それが彼の名前でした）に対して、恥ずかしい気持ちでいっぱいになっていました。彼の部屋に入り、その静かな眼差しに正面から向き合うことができませんでした。

　大尉の傷が癒えると同時に、もうひとつの古傷も癒えていったようでした。おばさんの、いつもの不機嫌で陰気な性格が、四月の太陽に照らされて融けた雪のように消えてしまったのです。まるで別人のように、表情も変わっていました。そして、程度の差こそあれ、老ヘプジバも同じように変わっていたのです。

「ウィリー様がお戻りになったようですわ、クラリッサ様」ヘプジバはそう言いました。「あなたに神のお恵みを。これまで私は、若い人がこの家にいることに耐えられなかったのです。だって、ウィリー様は本当に若くして亡くなったのですから」

　私は、サラおばさんのことが好きになっていました。そして、あることが私の心を悩ませていました。エリントン大尉がこの家を去り、孤独な女たちだけが残されたら、おばさんは耐えられるのかしら。老マシューは男のうちに入らないし。かつてのような不幸な状態に戻ってしまうのかしら。

その頃には、ミス・マドックスでさえ魅力的になっていました。バーネット氏の肩を持ち、サラおばさんに反抗したところ、思いがけず、好きになさいと言われたのです。その日から、晴れ晴れとした表情になったのでした。

あれは復活祭の日のことでした。庭にラッパスイセンが咲き乱れていました。サラおばさんの小さな客間に飾ろうと、私が両腕にいっぱいのスイセンを抱えて入っていくと、驚いたことに、そこにはエリントン大尉がいました。その日は、大尉が初めて階下に降りてくることになっていました。ひと目見て華やかだと感じてもらえるよう、私は花を客間に飾ろうとしていたのでした。それなのに、遅すぎました。

私は、はっと立ち止まりました。罪の意識で顔が赤くなっていくのがわかります。伏せた目を上げる勇気もなく、そこに立ち尽くしていると、エリントン大尉がすぐそばにやって来て、私の名を呼んだのです。

「クラリッサ」そう呼んで、彼は私の手からスイセンを受け取り、脇に置きました。それから私をソファーへ導いて坐らせ、私の隣に腰掛けました。「あなたのお名前を知っていますよ。クラリッサ！　僕の部屋にたびたび来てくれましたね。僕が眠っているときも。どうお礼を申し上げたらいいのでしょう？　それになぜ、近頃は来てくれなかったのです？」

「あなたに感謝されることなど、何もありませんわ」目を上げてそう言いましたが、彼の瞳の中に何かがあるのが見えて、すぐまた目を伏せました。

「ここは世界でいちばん親切な家だ」彼は続けました。「そして、あなたほど親切な女性はいない」

私はその言葉に衝撃を受け、サラおばさんのことを想って悲しくなりました。それが、彼の次の言葉で、私の考えはすっかり変わってしまったのです。

「実はね、あなたが絶好のタイミングで投げたあの物体のおかげで、僕はこの家に入ることができたのですよ。僕がもう何週間も、この家の前をうろついていたことをご存じでしたか？　それはね、窓辺に腰掛けて、海に沈む夕陽を眺めていた、あなたのお顔をひと目見たときからなのです。クラリッサ、初めてあなたを見たときから、あなたを愛しています。でも、教えてください」彼は私の手を握っていました。「どうして僕に、あれをぶつけたのです?」

しばらく後、私から一部始終を聞きだした大尉は、とても愉快に感じたようでした。一方で私は、どうしていいかわからないくらい混乱していたのですが。

「なんて親切な聖人だろう!」彼はそう言いました。「それなのに、あなたはそのお方を誤解してしまった。それでひどいことをしたのですね。でも、自分を責める必要はありませんよ。だって、聖人はあなたに夫をさずけてくれたのですから。クラリッサ、僕たちの結婚の記念に、聖ヨセフの銀の像を作って捧げましょう」

そして、私たちはその言葉どおりにしたのです。事のいきさつを知らないサラおばさんは、気に入らないようでした。でも、話を聞くと、彼女はにっこりと微笑みました。私は、おばさんに話す勇気などなかったのですが、ヒューゴは彼女に何でも言えるようでした。

いまサラおばさんは、私たちと一緒に住んでいます。というのも、同居人だったミス・マドックスがバーネット氏と結婚し、おばさんの家から出て行ったからです。すっかり優しくなったヘプジバは、私たちの赤ん坊の世話をしてくれています。

幽霊

暖炉の中でバラ色の炎が明るく燃え上っているというのに、彼は部屋の空気の冷たさに震え上がった。十月の半ばの、夏のように暖かい日のことだ。

「うわ、すごく寒いね、ジュリエット！」彼は身震いした。

彼の従妹《いとこ》ジュリエット・ダーシーは、大理石のマントルピースのそばに立っている。部屋は天井が低く、ジュリエットはその天井に届くほどの身の丈がある。成熟した身体に、髪は金髪、肌は小麦色だ。だいだい色を帯びた褐色の長いドレスが、きれいに編み上げた髪やあんずのように艶やかな頬と美しく調和している。

「私は寒くなくってよ、ハンフリー」ジュリエットが答えた。「でもね、この部屋は寒いってみんな文句を言うの。ほとんど一年中暖炉に火があるのだから、暖かくてもいいのにね。ちょうどこの部屋の下に、地下室もあるのよ。だからここは、湿気がないはずだけど」

じめじめとした冷たい空気を除けば、その部屋は明るくて居心地が良かった。室内にはインド更紗の布張りの古い椅子やソファーがいくつもあった。咲き乱れるバラの模様だ。バラの花輪模様の青い絨毯が敷かれている。椅子やソファーはどれも坐り心地が良く、絨毯は足が沈むほどふかふかだ。棚の上やキャビネットの中には、高価な骨董品がいろいろ並んでいる。この部屋は、日ごろ好んで使われているようで、小さなテーブルの上には、開いた本があるし、別のテーブルには、本や雑誌が積まれている。片隅に刺繍用の木枠が無造作に置かれ、安楽椅子の脇にはレディ・ダーシーの裁縫箱がある。

「秋の湿気のせいだろうね」ハンフリー・エールマーが答えた。

窓のよろい戸はまだ閉められてはいないが、笠つきのランプに火が灯されている。絹のカーテンの間から、深い霧に包まれた美しい牧草地が見える。日中の、外の眺めは美しかった。大きく広がる雑木林、なだらかに波打つ大地。鹿の群れが餌を食んでいる。少しでも物音がしたら、風のようにさっといなくなりそうだ。少し先には曲がりくねった川があり、雑木林と空き地との間を行ったり来たりしている。遠く離れた地平線には、丘の連なりがかすんでいる。

ハンフリー・エールマーは、若い従妹に視線を戻した。彼女の姿は、十月の午後の風景より見ていて気持ちがいい。

「ルーシー叔母様は、まだこの山荘に熱を上げているらしいね？」彼は尋ねた。

「ええ、お母さまも私も、この山荘が大好きよ」彼女が答えた。「小さいけれど、ゆっくりとくつろげる家なの。物淋しい荒れ地にあるグレイフェル屋敷とは違うわ。それに、この地域は庭園みたいに美しくて、本当に素敵。明日、ご自分の目で確かめてくださるわね。グレイフェル屋敷からここに来たことを後悔したことなんてないわ。だって、ここはグレイフェルよりずっと町に近いし……ご近所もいい方ばかりだし」

話し終えるとき、彼女はわずかにためらっているようだった。彼は従妹を優しく見つめた。あの幼かったジュリエットが、本当に成長したな。美しい乙女になったものだ。妹のメアリーとケイトも、やがてきれいになるだろう。叔母が、ジュリエットと自分に結婚して欲しいと思っていることは知っている。純情なジュリエットが、誰かに求婚され、承諾する日も遠くはないだろう。彼女に結婚を申し込むと、もう心は決まっているし、きっと受け入れてもらえる。そう思ってはいたが、ふたりきりになると、急いで求婚することもない、という気持ちになっていた。

叔母は、わざと僕たちをふたりきりにしたのだろう、彼はそう考えていた。日曜日の午後だった。どうしてもしなくてはならないことがあると言い、叔母は二階の自室にこもった。ふたりの妹たちは、友人の家に遊びに行っている。日曜日の静けさが、家全体を包み込んでいる。使用人たちは、自室で聖書を読んでいるのだろう。廊下から聞こえる足音も、平日より遠慮気味だ。山荘は美しい自然に囲まれている。都会の重苦しい雰囲気にはなじまない。

「ねえ、ジュリエット、最後に会ったとき、きみはまだこのくらいの背丈だったよ」彼はそう言って、暖炉の火が投げかける光と影が、彼女の顔やベルベットのドレスに映っているのを、嬉しそうに見つめた。

「あなたが外国へ行ってしまう前でしょう?」

「そう、僕が国を出る前だ。なんと長いあいだ国を留守にしていたんだろう。幼いと思っていた少女が、こんなに成長してしまうなんて」

「私、大人になったわよね? ああ、気の毒なママ!」彼女は、口の端に笑みを浮かべながら言った。「成長した娘が三人もいるんですもの、ママは大変よ。三人のドレスを作るのに、ほんとに大量の生地が必要なのよ。想像できる?」

「きみのドレスが絶大な効果を発揮していることだけは、見て取れるよ」

プロポーズをするのも、彼女が受け入れてくれるのも、きっと楽しいだろう。彼はそう感じた。ジュリエットは、熟した果実のように健やかでさわやかだ。二十歳とは思えない華やかな大人の美貌に恵まれてはいるが、その軽やかな動きも内気な瞳も若くみずみずしい。彼は、はにかむ彼女をからかった。

「きみは美しく成長したよ」彼は続けた。「僕はもう年をとって醜くなってしまったけれどね。日焼けしてカラスのように真っ黒だし、海風のせいで肌がガサガサだ。ねえジュリエット、僕はずいぶんと白髪が増えてきたよ」

「あら、年をとってなんかいないわ」驚いたように、彼女は言った。「だって、私とそれほど違わないのですもの。たった九歳の違いよ。グレイフェル屋敷に来てくださったとき、あなたは十九で、私は十歳だった。私、あなたに憧れていたの。それに、近ごろは白髪頭の若者はたくさんいるわよ。あなたが年寄りだなんて、とんでもない。醜いわけない。いいえハンフリー、醜いはずがないでしょう」

彼は、冗談めかして言った自分の言葉を、彼女がやっきになって否定してくれるのが嬉しかった。

「きみは十歳のかわいらしい少女だったよ」そう言いながら、彼は従妹のはにかんだ表情を喜んで見つめた。僕のためにこんな表情をしているのだ。

そのとき、彼女は驚いて顔を上げ窓の外を見た。誰かが窓を通り過ぎ、テラスを通って玄関へとやって来たからだ。窓に背を向けて立っていたハンフリーは、人影が通り過ぎたことに気づかなかった。玄関のベルが鳴った。メイドが部屋に入ってきて「ヒュー・ヤング様です」と告げた。

メイドの後ろに、その名の主がいた。色白で背が高く、がっしりとした体格の青年は、家具がたくさん置かれ、天井の低いその部屋で窮屈なほど大きく見えた。ジュリエットがふたりを紹介した。ハンフリーは立ち上がり、昼食後からずっとパイプを吹かしていないことを急に思い出した。日が暮れないうちに、外の芝生の上でパイプを吹かすとしよう。

狭い廊下をはさんだ向かい側に、彼が使うことになっている、ふたつの小さな続き部屋がある。続き部屋と客間は、家の残りの部分からアーチ型の仕切りで区切られている。仕切られた区画は、この家の最も古い部分で、何世紀も前に建てられていた。

ハンフリーの寝室の暖炉にはすでに火が入れられ、明るく燃え上がっていた。ところが、その部屋も空気が冷たいのだ。

「こんなに寒いはずはないのだが」彼はつぶやいた。「ひょっとして、地下室に水が溜まっているのかもしれない。墓場のようなにおいがするからな」

パイプとたばこを手に、彼は外に出た。しばらく外に出ている間に、ヒュー・ヤング氏が帰るかもしれない。ハンフリーが庭を行ったり来たりしている間に、メイドが外に出てきて窓のよろい戸を閉めた。湿った霧がしだいに立ち込めてきて、あたりが白くなっていく。霧に飲み込まれた庭の木々は、形が見えなくなっていく。彼は、ヒュー・ヤング氏が早く帰ってくれればいいと思った。あの若造め、ジュリエットに会いにやってきて独り占めするとは、いったいどういうことだ？　しかも、こんな夕暮れどきに。僕が、ルーシー叔母さんの望みを快く喜ばしく思っているというこのときに。僕も、放浪するのはそろそろやめて、もう落ち着いてもいい頃だ。キングス・オーク屋敷に妻を迎える潮時かもしれないな。従妹のジュリエットほど優しくて健康で品格があり、はじけるような若さが魅力的な娘は、どこを探したって見つからない。

ハンフリーはついに、気をもみ始めた。あいつはまだ帰らないのか？　ルーシー叔母さんはどうしたのだろう？　確かに今日は、ジュリエットがひとりであいつをもてなしている。もしや、ジュリエットとヒュー・ヤングが、ふたりだけの内緒話をすることがあるだろうか。いや、そんなはずはない。いとこ同士の僕たちのように、あのふたりが親しいはずがない。

彼はついにパイプを木の柵に打ち付けて灰を乱暴に落とすと、家の中へ戻った。客間には誰もおらず、薄暗くなっていた。誰かがランプを持ち去り、暖炉の火は小さくなって、赤く輝いている。

メイドが、廊下を歩いてきた。

「ハンフリー様」メイドが言った。「ジュリエット様がランプを書斎へ持って行ってしまいましたわ。すぐにお戻りになります」

構わないよ、彼はそう答え、ピアノの前に腰かけて弾き始めた。音楽と、演奏することで得られる慰めは、決して彼を裏切らなかった。彼は音楽の才能に恵まれており、ピアノの鍵盤に手を置くと、自分をいら立たせるもの、いら立たせるかもしれないもの、そのすべてを忘れた。自分が誰なのか、どこにいるかも忘れ、音色以外のいっさいを忘れた。

彼は恍惚として、一曲終わっては次の曲と演奏しつづけた。覚えている曲を即興で演奏していると、急に奇妙な感覚に襲われた。部屋の中に何かがいる。絹の服が擦れ合う音がする。彼の肩に何かがさっと触れた。ふんわりしたアザミの綿毛より軽い何かが、彼の髪に触れ、唇に触れた。

彼の手が鍵盤から離れた。音色がしなくなると、柔らかな翼が羽ばたくような音がした。ぼんやりと明るい灰色の何かが、開け放たれたドアから出て行く。淡い影のようなものだが、髪と目があるのが見え、ほっそりとした空気の精のような少女の姿をしている。

ハンフリーはドアへ駆け寄った。彼が使うことになっている続き部屋に、少女が入っていくのが見えたような気がする。後を追って手前の部屋に入ると、客間と同じように、暖炉の火がかすかに輝いている。彼は手探りでろうそくを見つけ出し、火をつけた。彼の寝室と、続く化粧部屋との間にはアーチ型の仕切りがある。化粧部屋の中はまだよく見ていない。というのも、昼食に間に合うよう、その日に山荘に到着したばかりだったのだ。

頭のうえ高くろうそくを掲げて化粧部屋に入ると、火の気のないその部屋には、凍えるような冷気が漂っている。何かひんやりとしたものが、その部屋にまとわりついているようだ。彼は部屋の中を見回した。広い壁の低い位置に埋め込まれるように、小さな窓がいくつかある。窓にはブラインドが下ろされている。他の部屋と同じように、坐り心地の良さそうな布張りの椅子がある。大きな洋服ダンスもある。扉を開いてみると、中には何もない。あとは、この部屋ほどくつろげる場所はないと思えるほど心地がよさそうだ。翌朝彼が風呂に入ることができるよう、部屋の真ん中に浴槽が準備してある。この山荘には浴室がないのだ。椅子の背には、彼用の部屋着が掛けてある。彼の旅行鞄が開いたまま置かれている。どうやら使用人が荷ほどきをしている途中のようだ。

ハンフリーは手にしたろうそくを、壁に掛けられた絵画に近づけてみた。どれも古くて色褪せた油絵だ。ある一枚を見ると、トスカーナの空とオリーブの木立が描かれていた。彼は、次の一枚に光を当て、手に取った。肖像画だ。

ああ。この顔はずっと前から知っているような気がする。突然彼は、日常的な当たり前の世界を後にし、超自然への境界を越えたように感じた。これまで、世界中のあらゆる風変わりな場所に足を踏み入れてきた。幾度となく危険な目に遭っているし、胸を躍らせる体験も何度もしている。それでも、彼の心臓がこれほど激しく打ったことはなかった。

肖像画に描かれた、色白で優しく、悲しげな表情の顔をじっと見つめていると、耳元でため息がした。彼は驚かなかった。かすかなため息だった。少しの間、若い少女の静かな息づかいが、すぐ近くから聞こえてきた。肖像画の中の少女は、白いサテンの、ハイウエストのワンピースを着ている。首には真珠のネックレスをつけ、髪にも真珠をつなげた飾りをつけている。若々しくなめらかな肌をして、腕には小型犬を抱いている。色白な美しい顔には、物憂げで神秘的な雰囲気が漂っている。背景が暗い木立であるせいで、肌の白さがいっそう際立っている。瞳は、こちらに何かを訴えかけている。

手にしていた肖像画をもとの位置に戻すと、さきほどの気配が部屋から消えたように思えた。そのとき、家の中に風が吹き込んできて、ため息のような音を立てた。彼は、超自然的なものを恐れはしなかった。ただ、興味をそそられたのだ。僕は幽霊を見たのだろうか？　だとしたら、なんとかわいらしい幽霊だろう！　ひとりぼっちのかわいそうな少女だった。いったい何があったのだろう？　優しく慰めてもらいたがっているように見えた。幻想的でロマンチックな、かぼそい顔だったな。

ハンフリーが客間に戻ると、暖炉の火とランプが明るく輝いていた。ヒュー・ヤング氏とジュリエットがふたりきりでいる。彼が部屋に入っていくと、青年は立ち上がって暇《いとま》を告げ、長居をしたことをわびた。ハンフリーは、従妹がこの若い訪問客を引き留めようとしないことに気づいた。彼女を見ると、奇妙なことに、二階の足音に耳を澄ましているようように思える。ルーシー叔母さんの娘たちは、母親を怖がっているのだろうか？　彼は、ヒュー・ヤング氏がレディ・ダーシーに嫌われているのではないかと思い当たり、ほんの少し気の毒になった。

青年が去ると、ジュリエットはハンフリーに近寄り、彼を見下ろした。その堂々とした率直な表情をひと目見て、あまりの美しさに、彼は感動を覚えた。今、その表情は、内気さといたずらっぽさも混じり合っていて、さらに誘惑的になっている。

「ねえ、ハンフリー」彼女が言った。「お母さまは、午後はずっと眠っていたみたい。お昼寝がしたくなるときって、本を読むか手紙を書くか、箪笥《たんす》の整理をするか、とにかくお昼寝以外のことをしなくてはならないときと決まっているの。私が、午後の間あなたじゃなくてヒュー・ヤングさんのお相手をしていたと知ったら、お母さまはたいそう怒るでしょうね」

「言っておくけどね、ジュリエット。きみのお母様にそのことが知られる心配はないよ」彼が答えた。「それに、僕ではなく彼を選んで良かったじゃないか。若者の模範のように非常に立派な人間だからね」

その言葉を聞くと、彼女は顔をバラのように赤らめた。

「まだ決めてはいないのよ、ハンフリー」彼女が答えた。

「彼はもう決めたと思うけどね」彼はそう答え、彼女が顔を赤らめる姿を見て楽しんだ。ついさっきまで、こんなに優しい気分でいられなかったことなどすっかり忘れている。

「あの方は、騎兵連隊の准大尉なのよ」彼女は続けた。「あの方の叔母さまが望んでいるから、その職に就いているだけなの。叔母さまは彼が、裕福な家柄の娘と結婚して欲しいと思っている。でも私は……お母さまの財産は、もうなくなってしまうわ。ぜんぜん貯えてこなかったから……私もお金持ちと結婚する方がいいのよ。ヒューは騎兵連隊を辞めて、イギリス領インド軍に入隊すると言っているわ。そこで兵士として厳しい訓練を受けるつもりですって。今の自分は、偽りの身分に甘んじていると思っている。だって、モリニュー夫人のご機嫌を損ねてしまったら……例えば、彼女が望まない相手と結婚するとか……何も援助してもらえないでしょうから」

「それは立派な心掛けだ。でもジュリエット、彼に少し待つように言ってくれないか。僕は、きみにいちばん近い男の親戚だよ。お金なら、使いみちがわからないほど持っている。僕が、若い従妹の面倒を見ないはずがないじゃないか」

ジュリエットの妹たちが、秋の夜の息吹をまとって部屋に入ってきた。ふたりともまだあどけなく未熟で、異性を意識してはいない。彼は、このような従妹がいるのは幸せなことだと、心の中で思った。彼は初めて、自分に親族がいることに喜びを感じた。

レディ・ダーシーが娘たちの後に続いて部屋に入って来た。お茶が運ばれてきた。小さなあくびを手の甲で隠しながら、午後は忙しかったとレディ・ダーシーが告げた。

「ヤングさまがいらしたわ」ジュリエットが言った。

「ええ、玄関の呼び鈴が聞こえたと思ったわ」

母親の声には、どこか無念さが感じられた。ハンフリーは心の中で、ジュリエットの態度をとても好ましく思った。あの青年が訪ねてきたことを、母親に隠しておくこともできたはずだ。

彼は、この半時間ほど聞きたいと思っていたことをついに口にした。

「ルーシー叔母様、僕の化粧部屋に少女が描かれた、小さな肖像画があるのですが、それが気になってしまって。その少女が誰なのか、ご存じではありませんか？」

「まったく知らないのよ、ハンフリー。この山荘を買ったとき、ここにあった家具もいくつか一緒に買ったの。私たちがここに移ってきたとき、あの絵はすでに壁に掛けてあったわ」

「この山荘の、前の所有者は誰です？」

「ワーナーという名の一族よ。ずいぶん昔から住んでいたんですって。不動産業者の話から察するに、一族で最後まで残っていたのは老人と子どもで、おじいさんと孫娘だったたらしいの。山荘を売ることさえ、ふたりにはどうでもいいことだったみたい。返さなくちゃならない借金がそうとうあったようよ。とても貧しかったのね」

それからしばらく後、彼は機会をとらえ、山荘にまつわる幽霊話はないかレディ・ダーシーに尋ね、自分が体験したことを話した。

「私たちは何も見たことはないわ」レディ・ダーシーが答えた。「使用人の中には、何かを見たとか聞いたとかと言う者もいるわね。私はね、ヒステリックなメイドの思い込みだと思っているの。あの人たち、少しのことで大騒ぎをするから。そういう話って、すぐに広がるでしょう。だから、この屋敷に使用人をとどめておくのもそう簡単ではないのよ。この山荘は寂しい場所だって、使用人たちは言っているわ」。叔母が心配げにそう言うので、彼は思わず笑った。

「ルーシー叔母様、僕が使用人と幽霊話をするのは控えた方がいいですね」

「娘たちにも、そんな話はしないわよね?」

「僕は、そんな無作法なまねはしませんよ。戸棚の中の、あの骸骨が誰なのか、知っているふりをするとか」

「それにね、ハンフリー。あれは暖炉の火と影が見せるまぼろしだと思っているわ。それはそうと、あなたのピアノが聞こえたような気がしたけれど？　幽霊を呼び覚ましたのではない？　なんだか風変わりな曲を弾いていたみたいね？」

そのときジュリエットが何をしていたのか聞かれなかったので、彼はほっとした。レディ・ダーシーは彼の幽霊話に驚き、娘のことは頭になかった。

「あの部屋をあなたにあてがうべきじゃなかったわ、ハンフリー」申し訳なさそうな顔で、彼女は続けた。「私はそういう話は信じないけれど。二階の部屋に変えましょうか？もしよかったら、アーサーの部屋をお使いなさいな」

彼女の一人息子アーサーは海軍大尉で、今は軍艦で任務についている。「いえ叔母様、そんなこと、とんでもない」。ハンフリーの言葉に力がこもっていたので、レディ・ダーシーは驚いた。「言っておきますが、僕はね、幽霊など怖くないですよ」。彼は自分の中に、幽霊にもう一度会いたいという気持ちがあることに気づいていた。その思いがあまりにも強くて、彼自身も驚いていた。

ハンフリーが長く待たされることはなかった。少女は、夢うつつの間に現れた。彼の夢の中に現れたのだ。暗く深い眠りの中で、彼女の顔が象牙のように青白く輝いて見えた。少女の顔を、肖像画に描かれているよりはるかにはっきりと見ることができた。その顔は、美しいとはいえなかった。ただ、若くて優しげで青白く、澄んだ瞳は、どこかぼんやりとしている。少女は彼の上をさまよっていて、その姿は、どこかで見た守護天使の絵に似ていた。少女は両手を優しく差しだし、彼を守っているようにも見えた。

少女は彼のもとへ、夜な夜なやって来た。彼女が夢に現れないことがあると、彼はどういうわけか孤独にさいなまれた。午後や夕方、彼が暗がりでピアノを弾くと、彼女がやって来てピアノのそばに腰かけた。音楽を奏でると、いつも現れるようだった。彼は情熱と愛情をこめて、彼女のために演奏した。少女がそこに腰かけていたり、物陰に半分隠れていたり、顔とドレスが月明かりのようにかすかに輝いていたりするのが、他の人には見えていないとわかり、彼は驚いた。彼女の姿が見えるのは、どうやら彼だけのようなのだ。

ハンフリーは山荘に何週間も滞在した。レディ・ダーシーは喜んだ。いつも意欲的に各地を転々としているこの甥が、この山荘では狩猟さえできないというのに、十月も十一月も滞在して満足していたからだ。彼があちこちの屋敷から招待を受けていることを、レディ・ダーシーは知っていた。ハンフリーが帰国していることが知れ渡ると、彼のもとに誘いが殺到したからだ。けれども、彼はどの誘いも断った。嬉しそうな叔母に、彼は告げた。

僕は、親戚と共に過ごしているのが楽しいのです。叔母様の家族だけが、僕の親戚ですからね。楽しみを求めて他の場所へ行くなんて、考えられませんよ。

そのうちハンフリーの様子が少し変わってきた。ぼんやりすることが多くなり、少々奇妙な態度をとるようになった。レディ・ダーシーは、誰もいない部屋の中で、彼が何かを見つめている目つきをしていることに気づいた。それに、彼がこれほど音楽に執着するとは！　午後は必ずピアノを弾いている。他の場所へ行かなくてはならないと、あからさまに嫌な顔をする。彼が、古いピアノを呼び覚ますかのように弾く音色は、レディ・ダーシーも娘たちも聞いたことのない音楽だった。なんだか薄気味が悪いわ。ジュリエットが言った。ジュリエットはハンフリーには何でも言えるほど、彼と親しくなっていた。彼が古いピアノを奏でる音は、不気味な美しさを帯びていた。

ピアノに対する執着が狂気じみていることは、ハンフリー自身にもよくわかっていた。それでも彼は、その状態にしばらく身を委ねていたいのだった。ピアノの演奏で少女を呼び起こすことができないときもあった。そのようなときは、どうしようもない孤独と寂しさを感じた。山荘から出ていくことができるかもしれないと思うこともあり、留まっていたい気持ちとの葛藤に苦しんだ。彼が滞在し続けている理由を、叔母が誤解しているかもしれないと、常に気がかりだった。

けれども彼は、山荘を去る前に、恋する若いふたりのために何かをしてやりたかった。彼はモリニュー夫人と親しくなっていた。冒険好きな男性を好むこの夫人は、ハンフリー・エールマーをはじめから好意的に受け入れてくれたのだ。彼は友情をより深め、彼女の甥と自分の若い従妹の話を切り出そうと考えていた。ジュリエットは、彼がまるで神であるかのように頼った。彼は、素直に全幅の信頼を寄せる従妹の姿に心を打たれた。

とうとう彼は、幽霊をなんとかしなくてはならないと思った。冷たく肉体のないあの小さな幽霊を、彼の心の中に居座らせるわけにはいかない。

彼は、定評のある精神科医の診察室を訪れた。この医師には前にも会ったことがあり、ふたりは互いに好意を抱いていた。

「まさか、あなたが患者のはずがない」リチャード医師はそう言って、何気なく彼の顔を見た。最後に会ったときとは少し異なる顔つきをしているように見える。「最後にお目にかかったとき、あなたほど健全な男性はいないと言っておくべきでした」

「どう思います?」ハンフリーが静かに尋ねた。「幽霊に恋する男がいたら?」

「人間のかわいい少女の方が、千倍も素敵だと告げます」

ハンフリーが話し始めると、医師は興味深げに耳を傾けた。

「あなたの言葉を信じますよ。自分自身の言葉と同じくらいにね」ハンフリーの話が終わると、医師はそう言った。「あなたが幻を見ているとは思えない。どうやらあなたは肝臓の調子が悪いし、目つきもなんだか変だ、神経だってボロボロだ。みんなそう言うと思います。私には、そんな風には見えませんがね。あなたが見ているものが、いたずらっ子の仕業でなく本当に幽霊だと思うのなら、まずその家を出ることを勧めます。その家と、いっさいの関わりを断つのです。そして、人間の若い娘とお付き合いなさい。そうすれば、肉体のない想い人を、心の中から追い出すことができます。その家に戻ってはいけない。いま、この瞬間に終わりにするのです。言っておきますが、このままの状態が続いたら、あなたは精神に異常をきたすことになる。不健全で不自然な状態ですからね」

「ありがとう」ハンフリーは寂しげな笑みを浮かべた。「あなたがおっしゃったことは、まさに僕が自分に言い聞かせていたことと同じです。まったく適切な助言だ」

ハンフリーはハーレー通りから離れ、オックスフォード通りに入り、西へ向かった。一日のうち最もわびしい時間帯で、街はどんよりとして活気がなく、すべてが価値のないものに感じられた。彼は、人混みの中を、できるかぎり足早に歩いた。人々の中から抜け出し、ひとりきりで考えごとのできる場所に行きたい。空では冬の午後の太陽が、冷ややかな輝きを放っている。光をさえぎる物はなく、太陽は、歩いていく彼の顔にぎらぎらと照りつけた。ロンドンから出ていくあの大きな街道は、太陽の中心へと続く黄金の道だ。その太陽も、もうすぐ地平線の下に沈み、夜が来て霜が降りるだろう。

光は彼の瞳の中にあふれ、脳の中にあふれ、やがて彼は耐えられなくなった。ベイズウォーター通りの中ほどで、彼は奇妙な形の赤い建物の前で立ち止まった。この建物については聞いたことはあるが、ここに来たのは初めてだ。ああ、彼が求めていたのはここだ。人の目がまったくない、静かに考えることのできる場所だ。

彼は建物に入った。刺すような外の光から逃れるように中に入ると、他に誰もいないようだった。椅子に腰かけ、背もたれにもたれて目を閉じる。日が暮れるまで、あと一時間ある。それまでには、この建物の入り口も閉められるだろう。その場所のいたるところに、イエス・キリストの生涯の様々な場面を描いた絵画が飾られている。すべて心地よい絵画で、眺めていると慰められた。その場所の雰囲気そのものに癒されるのだと思う。この建物に祝福を、彼はひとりつぶやいた。疲れた旅人のために、道端にこのような建物を建ててくれるなんて、ありがたい。

ふいに、耳元で小さなため息が聞こえた。あの幽霊が近くにいるときに聞こえた、かすかな、疲れ切ったようなため息だ。彼は驚いて立ち上がり、周りを見た。まさかあの少女が、彼を追ってここまできたというのか。どこへ行こうともついてくるというのか。

いや、そうではない。少し離れた後方の椅子で居眠りをしている少女が目に入った。ため息をついたのは、少女だった。みすぼらしい帽子が床に落ちている。前の座席の背もたれに頬杖をつき、顔を前に突き出しているが、長く豊かな金髪で顔は隠れている。眠りながらため息をついたのだ。ほっそりとした体は、すっかり疲れ切っているようだ。

彼は少女に近づいた。今まで自分が何を見ていたのか、わかったのだ。この顔は、あの小さな幽霊ではないか。しかも、ありがたいことに、生きて呼吸をしている。幽霊が、彼をこの少女のもとに導いてくれたのだ。ふいに、大きな喜びがこみ上げてきた。彼は、その気持ちをぐっと押さえつけた。そうしなければ、眠っている少女の頭を自分の胸に抱き寄せただろう。

少女が目を開き、さほど驚くこともなく、彼を見つめた。彼を知っているということを、その眼差しが示していた。

「いとしいきみ」心臓がドキドキするほどの情熱を抑えきれず、彼は続けた。「きみは居眠りしていたのだよ。具合が悪そうだね。さあ、うちに連れて行ってあげよう」

少女の目の下には大きな隈ができているし、頬とこめかみには、痛々しいくぼみがある。真っすぐに立ち上がろうとしたが、よろめいた。彼は気づいた。

「そうか！」彼が大声を上げた。ちょうどそのとき、この建物の老管理人が何ごとかとその場をのぞきこんでいて、彼があまりにも苦しげな声を上げたのに驚いた。「お腹が空いているのだね、そうか、腹ペコなんだ。おいで、すぐに何か食べさせてあげるよ」

少女は、子どものように彼について行った。彼は少女をいちばん近くにあった食堂へ連れて行き、スープを頼んだ。少女が食べている間、彼はじっと見つめていた。病気の子どもが食事をしているのを見守る母親のようだった。周りの人々の驚いた顔つきや、立派な身なりをした自分とみすぼらしい格好の少女が、あまりにも不釣り合いであることなど、まったく気にならなかった。

ふたくちほど食べたところで、少女はふと手を止め、急に何かを思い出したように彼を見た。

「祖父が病気で寝たきりなのです」ささやくように少女が言った。「昨日から、何も食べていないのです。薬を買うお金はありません。昔の知り合いにお金を借りに行く途中で気分が悪くなって、休ませてもらおうと、あの安置所に入ったのです」

「まずはスープを食べて。それからおじいさんのところへ行こう。必要なものは、何でも持っていこうね。きみもおじいさんも、もうこれ以上いらないと言うくらい、たくさん持っていくよ」

彼は、自分が正気ではないと少女に思われるとは、まったく考えなかった。少女も、驚いているようには見えない。スープを口に流し込みながら、心から嬉しげな様子で少女は彼を見つめている。その誠実な茶色い瞳は、幽霊の瞳だった。彼は、喜びで我を忘れるほどだった。あの幽霊が、人間になったのだ。あの遺体安置所で、心から望んでいたものを見つけたのだ。

オックスフォード通りに近い貧民街の、狭い通りの屋根裏部屋で、寝たきりの祖父が待っている。そこへ向かう馬車の中で、少女がルシア・ワーナーと名乗るのを聞いたとき、彼は少しも驚かなかった。

「みんな私たちのもとからいなくなってしまったのです」少女が言った。「訴訟問題があまりに長引いてしまって。祖父はバイオリンを教えていました。でも、収入は雀の涙ほどでした。しだいに、お稽古代が安くなったからです。それに、祖父は高齢です。私はピアノを教えていました。でも貧しくみじめになってしまうと、誰も家に入れてくれなくなりました。どうしてあなたは私に良くしてくださるの？　神さまがあなたに、私たちを憐れむよう命じ、あなたをお遣わしになったから？」

「そうだよ、神が私にそう命じたからなのだよ」

お金でいろいろなことが解決できた。病気の老人は、救急馬車に揺られてしばらくして、小鳥のさえずりで目を覚ました。緑の野原のような静寂の中、清潔な心地良い部屋にいることがわかって、自分は天国にいるのだと思った。結局のところ、ひどい失意と貧しさのあまり病んでいただけだったのだ。手厚い看護を受け、穏やかな老後が約束されたことでとても喜び、まもなく元気になった。そもそも夢想家だった老人は、ハンフリー・エールマーという男が現れ、たちまち孫娘のルシアに夢中になったことを、さほど不思議に思わなかった。孫娘も、彼の求婚をほどなく受け入れるだろう。ルシアの夫となる男性だから、喜んで厚意を受けた。

ハンフリー・エールマーがいかにしてマイケル・ワーナー卿と孫娘と出会ったか、そのいきさつを知る者はいない。レディ・ダーシーを除く誰もが、花嫁の品の良さとマイケル卿の高貴なたたずまいを認めた。レディ・ダーシーは、ヒュー・ヤングを義理の息子として迎え、ハンフリーを息子として迎えるのと同じくらい喜んでいた。もちろんモリニュー夫人は、若い夫婦にとても良くしてくれたし、ジュリエットは、従兄《いとこ》のエールマーのおかげで、持参金を持って花婿のもとへ行った。

やがて、手のかかる娘をあとふたり持つレディ・ダーシーが、あの山荘に飽き飽きし、彼女が考える最もふさわしい人物に山荘を譲ろうと考えたのは、ごく自然なことだった。彼女にとっては、ケンジントン・ゴアにある小さな邸宅の方がずっと快適だった。

幽霊の肖像画は、今も山荘の居間に掲げられていて、それを見る人に、しばしばハンフリー・エールマー夫人が描かれているのだと勘違いされる。幽霊は二度と出てこなかった。もしかすると、出てきたい気持ちに駆られたかもしれない。というのも、老マイケル卿が幽霊部屋を自室として選び、しばしばバイオリンの悲しい調べを奏でたからだ。

今では、山荘に幽霊が出るとは、誰も思いもしない。笑い声にあふれ、穏やかで愛に満ち、子どもたちの声が聞こえるこの活気に満ちた家に、幽霊のような悲しいものが住み着いているはずがないからだ。レディ・ダーシーと娘たちが、ときどき山荘に遊びにきた。彼女らは、幽霊部屋とされていた部屋から、あの得体のしれない寒気が去ったことに気づいた。

「もう大丈夫ね」レディ・ダーシーが言った。「この家は長いあいだ空き家だったから、湿気が入り込んだのね。今はもう、あなたが暖炉の火と明かりで湿気を追い払ったのだわ」

「暖炉の火と明かりでね」ハンフリー・エールマーは謎めいた様子で答えた。彼の説はこうだ。あの小さな幽霊は、自分と同じ名を持つ人々が悲惨な状況にあることを嘆き悲しんでいた。その人たちが幸せになったことで、彼女も安らかに眠ることができたのだ。

訳者あとがき

本書は、アイルランド人の作家キャサリン・タイナンの短篇小説を集めた作品集である。

キャサリン・タイナンは、一八六一年にダブリンで、カトリック教徒の両親のもと十一人きょうだいのひとりとして生まれた。畜産業を営んでいた父親はキャサリンを溺愛し、彼女が幼少の頃から読書を薦め、詩の創作をするよう励ましたという。十七歳のとき、自作の詩が初めてジャーナルに掲載されたことで、キャサリンは詩人への道を突き進むことになる。二十四歳になる一八八五年には、八十篇の詩を収めた初の詩集が出版された。この年キャサリンは、アイルランドを代表する詩人・劇作家で、後にノーベル文学賞を受賞するウィリアム・バトラー・イェイツ（一八六五〜一九三九年）に出会う。イェイツは彼女の作品を絶讃したという。ふたりは、詩集を編纂するなど共に仕事をした。また、家族ぐるみの付き合いがあり、キャサリンがイェイツの自宅に滞在することもあった。イェイツの父で画家のジョン・バトラー・イェイツはキャサリンの肖像画を描いており、その作品はダブリンのヒュー・レイン美術館に所蔵されている。

一八九三年、キャサリンは、名門トリニティ・カレッジの研究者であり弁護士のヘンリー・ヒンクソンと結婚する。このときキャサリンは三十二歳、ヘンリーは二十八歳だった。カトリック教徒でなかったヘンリーをカトリックに改宗させたという。ふたりは結婚と同時にロンドンへ移り、そこで新婚生活を始めた。はじめの子ども二人は幼少期に亡くなったが、その後、二男一女をもうけた。キャサリンは、ロンドンでも詩の創作や小説の執筆に勤しみ、ジャーナリストとして複数の新聞に継続的に記事を寄稿していた。十八年後、ヘンリーがアイルランドのメイヨー県の治安判事に任命されたことで一家はアイルランドに戻り、メイヨー県で暮らし始めた。判事の賃金は安く、一家の収入はキャサリンの執筆に支えられていたという。一九一九年にヘンリーが亡くなると、一家はロンドンに戻り、キャサリンは大黒柱として執筆を続けた。

晩年はヨーロッパ大陸を意欲的に旅行し、旅先でも詩や新聞記事を書き続けた。一九三一年、キャサリンはロンドンで病死する。七十歳だった。百篇以上の小説、十数冊の詩集、十二冊の短篇集、数冊の自伝や回想録を執筆し、膨大な数の新聞記事を書いた。アイルランドで最も多作な作家のひとりとされている。

本書『キャサリン・タイナン短篇集』を編纂するにあたり、一八九六年から一九一五年の間に刊行された短篇集を四冊読み、作品を厳選した。幽霊が出る話、悪霊に取り憑かれた話、摩訶不思議な物語、思いもよらない結末のストーリー。不思議な雰囲気の作品や意外性のある作品を選んだ。ただし、これらはキャサリン・タイナンの作風の一部でしかない。彼女は他にも様々な作風の短篇を書いている。なにしろ、数えきれないほどの作品を遺しているのだ。

ダブリンには、キャサリン・タイナンにちなんだ場所がふたつある。ひとつは「キャサリン・タイナン通り」で、ダブリンの環状線M50の外側へ向かって伸びている。これといった特徴のない幹線道路だ。もうひとつは「キャサリン・タイナン記念公園」で、町はずれのタラ（Tallaght）にある。石塀と道路に囲まれた小さな区画だが、きちんと整備されている。中央には、腕を組んで踊る若い男女の銅像が立ち、キャサリンの名と生没年を記した丸い銅板が、石塀に埋め込められている。石塀の内側には花壇があり、小さな花々が咲き乱れていて、都会の片隅の落ち着いた静かな空間になっている。時の大統領メアリー・ロビンソンが、この小さな公園のオープニングセレモニーを行った。ダブリンが生んだ、詩人であり作家であり、ジャーナリストでもあるキャサリン・タイナンが忘れ去られることのないよう、彼女の名を冠した公園が造られたのだ。

本書に収録した作品の原文には、差別的な表現がいくつか見られる。そのような表現を翻訳する際、作品が扱っている時代的な背景を考慮し、原文の意味を尊重して翻訳させていただいた。差別的と感じる方もおられるかもしれないが、作品の意図に鑑みご海容いただきたい。

二〇二三年十二月

高橋　歩

Katharine Tynan

1861年ダブリンに生まれる。子どもの頃に詩の創作を始め、1878年に初めて自作の詩が出版される。20歳代半ばには著名な詩人となっていた。同世代の詩人・劇作家ウィリアム・バトラー・イェイツと親交があったことはよく知られている。1893年弁護士のヘンリー・ヒンクソンと結婚し、ロンドンで暮らし始める。1911年に夫が治安判事に任命されると、一家でアイルランドのメイヨー県に移り住んだ。夫の死後、本拠地をロンドンに移す。1931年にロンドンで病没。百篇以上の小説、十数冊の詩集、十数冊の短篇集、数冊の回顧録などを執筆し、ジャーナリストとして新聞記事を書いた。アイルランドで最も多作な作家のひとり。

たかはし あゆみ

新潟薬科大学教授。英国バーミンガム大学大学院博士課程修了。専門は英語教育。留学中に旅行したアイルランドに魅了され、毎年現地を訪れるようになる。訳書に『スーパー母さんダブリンを駆ける』（リオ・ホガーティ、未知谷）、『とどまるとき　丘の上のアイルランド』『こころに残ること　思い出のアイルランド』『窓辺のキャンドル　アイルランドのクリスマス節』『母なる人々　ありのままのアイルランド』『心おどる昂揚　輝くアイルランド』『お茶のお供にお話を　アイルランドの村イニシャノン』（アリス・テイラー、未知谷）、『パトリック・ピアース短篇集』（未知谷）がある。

キャサリン・タイナン短篇集

2023年12月 8 日初版印刷
2023年12月20日初版発行

著者　キャサリン・タイナン
訳者　高橋歩
発行者　飯島徹
発行所　未知谷
東京都千代田区神田猿楽町 2-5-9　〒 101-0064
Tel. 03-5281-3751 / Fax. 03-5281-3752
［振替］　00130-4-653627

組版　柏木薫
印刷所　モリモト印刷
製本所　牧製本

Publisher Michitani Co, Ltd., Tokyo
Printed in Japan
ISBN 978-4-89642-716-5　C0097

高橋歩の仕事（翻訳）

―――――――― アイルランドの文学 ――――――――

パトリック・ピアース［Patrick Henry Pearse］（1879～1916）

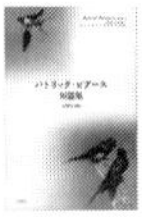

イギリス支配下のアイルランド、ダブリンに生まれる。幼いころ大叔母からアイルランドの自由を求めて命を捧げた英雄たちの物語を聞かされ、大きな影響を受ける。10代でゲール語連盟（アイルランド語とアイルランド文化の保存と復興を目指す団体）に加入。論文を書きスピーチを行い、アイルランド語と英語で詩や物語を発表することでアイルランド語の普及に努めた。1908年、両言語で教育を行う聖エンダ校を設立。1916年、イギリスからの独立を目指す復活祭蜂起を指揮し、アイルランドの独立を宣言。蜂起軍は一週間でイギリス軍に鎮圧され、ピアースを含む指導者は捕らえられ、処刑された。

パトリック・ピアース短篇集　978-4-89642-662-5　144頁 1500円

―――――――― アイルランドの暮らし ――――――――

アリス・テイラー［Alice Taylor］

1938年アイルランド南西部コーク近郊の生まれ。イニシャノンで夫と共にゲストハウスを経営。その後、郵便局兼雑貨店を経営する。1988年子ども時代の思い出を書き留めたエッセイを出版、アイルランド国内で大ベストセラーとなった。その後も、エッセイや小説、詩を次々に発表、現在も意欲的に作品を発表し続けている。

とどまるとき　丘の上のアイルランド　978-4-89642-516-1　224頁 2400円

こころに残ること　思い出のアイルランド　978-4-89642-547-5　280頁 2500円

窓辺のキャンドル　アイルランドのクリスマス節　978-4-89642-570-3　256頁 2500円

母なるひとびと　ありのままのアイルランド　978-4-89642-589-5　240頁 2500円

心おどる昂揚　輝くアイルランド　978-4-89642-612-0　224頁 2500円

お茶のお供にお話を　アイルランドの村イニシャノン　978-4-89642-639-7　256頁 2500円

未知谷